Über dieses Buch

Zu allen Zeiten hat das Pferd für den Menschen eine besondere Rolle gespielt. In diesem Band finden Sie eine einzigartige Sammlung bekannter und unbekannter Pferde-Märchen aus aller Welt.

Über die Herausgeber

Sigrid Früh, Jahrgang 1935, studierte Germanistik und Volkskunde und ist eine der bekanntesten Märchenerzählerinnen und Märchenforscherinnen Deutschlands. In zahlreichen Seminaren und Vorträgen bringt sie die Märchen einem breiten Publikum nahe. Sie wohnt in Fellbach in der Nähe von Stuttgart. Weitere Informationen: www.sigrid-frueh.de. Veröffentlichungen von Sigrid Früh auch unter *www.koenigsfurt-urania.com.*
Wolfgang Schultze, Jahrgang 1938, Sammler von Märchen- und Sagenbüchern, Mitherausgeber mehrerer regionaler Sagenbücher und langjähriger Schatzmeister der Europäischen Märchengesellschaft. Weitere Informationen: *www.maerchen-emg.de.*

Pferde-Märchen

Herausgegeben und
mit einem Nachwort versehen von
Sigrid Früh und Wolfgang Schultze

KÖNIGSFURT-URANIA

Ungekürzte Sonderausgabe des Titels »Pferdemärchen« von
Sigrid Früh und Wolfgang Schultze, 2006

Bibliographische Information der Deutschen Nationalbibliothek
Die Deutsche Nationalbibliothek verzeichnet diese Publikation in der Deutschen Nationalbibliographie; detaillierte bibliographische Daten sind im Internet über http://dnb.d-nb.de abrufbar.

Sonderausgabe
4. Auflage Krummwisch bei Kiel 2013

D-24796 Krummwisch
www.koenigsfurt-urania.com

Umschlaggestaltung: Jessica Quistorff, Seedorf,
unter Verwendung der folgenden Motive von Fotolia
»Crazy horse« © *dannywilde* und »Das Pferd« © *Tetastock*
Satz: Satzbüro Noch & Noch, Menden
Druck und Bindung: Finidr s.r.o.
Printed in EU

ISBN 978-3-86826-038-0

Inhalt

Die Hilfreichen

Die Dämonischen

Die Verwandelten

Die Hilfreichen

Zauberilona

Es waren einmal ein König und eine Königin, die hatten drei Töchter und einen Sohn. Da besprachen sich einst der König und die Königin: »Wenn jede unserer Töchter heiratet, so wird jede einen Teil unseres Königreiches bekommen müssen und so wird unser Königreich sehr klein werden; es ist also besser, wir verheiraten sie alle drei an unseren Sohn, so bleibt das Königreich zusammen. In acht Tagen ist die Ernte vorbei, dann wollen wir sogleich Hochzeit halten.«

Der Sohn hatte diese Rede gehört, er dachte sich: daraus wird nichts.

Während nun der König und Königin auf einer entfernten Puszta waren, den Schnittern nach zu sehen, trat der Sonnenkönig an das Fenster und sprach zum Prinzen: »Königssohn, ich will deine älteste Schwester heiraten.«

Der Prinz antwortete: »Warte ein wenig, gleich sollst du sie haben.«

Er rief seine älteste Schwester und wie sie in das Zimmer trat, warf er sie zum Fenster hinaus. Sie fiel aber nicht zur Erde, sondern auf eine goldene Brücke, die lang, sehr lang war und bis zur Sonne reichte. Der Sonnenkönig fasste sie bei der Hand, führte sie auf der goldenen Brücke fort, bis in sein Königreich, mitten in der Sonne.

Als es Mittag geworden, trat der Windkönig an das Fenster, klopfte und sprach: »Königssohn, ich will deine zweite Schwester heiraten.«

Der Prinz antwortete: »Warte ein wenig, gleich sollst du sie haben.«

Er ging in das Zimmer seiner zweiten Schwester, nahm sie auf den Arm und warf sie zum Fenster hinaus. Sie fiel aber nicht zur

Erde, sondern in einen Wagen aus Luft. Vier Pferde, die unaufhörlich schnauften und sich bäumten, waren angespannt. Der Windkönig setzte sich zu ihr in den Wagen und wie er die Peitsche schwang, breiteten sich die Wolken aus zu einer Heerstraße, des Wagens Rollen war Sturm und er verschwand im Augenblick.

Als der Abend kam, klopfte es wieder ans Fenster, dies war der Mondkönig, der sprach: »Königssohn, ich will deine dritte Schwester heiraten.«

Der Prinz antwortete: »Warte ein wenig, gleich sollst du sie haben.«

Er ging in das Zimmer seiner dritten Schwester, nahm sie auf den Arm und warf sie zum Fenster hinaus. Diese fiel in einen silberhellen Bach. Der Mondkönig fasste sie beim Arm und die Wellen trugen sie sanft dem Mond zu. Beruhigt legte sich der Prinz zu Bett.

Als der König und die Königin am nächsten Morgen zurückkamen und hörten, was der Königssohn getan, verwunderten sie sich. Weil sie aber so mächtige Schwiegersöhne bekommen hatten, wie den Sonnen-, Wind- und Mondkönig, waren sie zufrieden und sprachen zu dem Königssohn: »Sieh, wie mächtig deine Schwestern durch ihre Männer geworden sind. Auch du musst dir eine mächtige Königstochter zu deiner Frau nehmen.«

Der Prinz entgegnete: »Ich habe mir schon eine ausgesucht, keine andere soll meine Frau werden als Zauberilona.«

Der König und die Königin erschraken über diese vermessene Rede sehr und suchten ihn von diesem Gedanken abzubringen. Weil ihnen dies aber nicht gelang, sprachen sie endlich: »Nun, mein Sohn, so ziehe hin, der Himmel geleite dich bei deinem vermessenen Unternehmen.«

Der alte König aber nahm zwei Flaschen aus einer Truhe und gab sie seinem Sohn mit den Worten: »Sieh, mein Sohn, die eine Flasche enthält das Wasser des Lebens, jene andere aber das Wasser des Todes. Wenn du einen Toten mit dem Wasser des Lebens besprengst, wird er wieder lebendig; besprengst du aber einen Lebenden mit dem Wasser des Todes, so stirbt er sogleich. Nimm diese Flaschen, sie sind mein größter Schatz, vielleicht können sie dir nützlich sein.« Der ganze Hofstaat begann zu trauern, besonders aber die Hofdamen, denn alle hatten den Prinzen sehr lieb. Er aber war mutig und guter Dinge, küsste seinen Eltern die Hände, hing sich die beiden Flaschen um, die des Lebens rechts und die des Todes links, umgürtete sich mit seinem Schwert und ging.

Nach langer Wanderung kam er in ein Tal, das war voller Erschlagener. Der Prinz nahm seine Flasche mit dem Wasser des Lebens und besprengte einen der Toten. Sogleich stand dieser auf, rieb sich die Augen und sprach: »Wie hab' ich so lange geschlafen!«

Der Königssohn fragte ihn: »Sage mir, was ist hier vorgegangen?«

Der Erweckte antwortete: »Wir haben mit Zauberilona gefochten, sie hat uns zusammengeschlagen.«

Der Königssohn rief aus: »Wenn ihr so schwach wart, euch gegen ein Weib nicht schützen zu können, so verdient ihr nicht zu leben!«, besprengte ihn mit dem Wasser des Todes und sogleich fiel der Erweckte wieder unter die Leichen.

Im nächsten Tal lag ein ganzes Heer. Der Königssohn erweckte wieder einen Toten und fragte: »Hat auch euch Zauberilona erschlagen?«

»Ja!«, entgegnete der Erweckte.

»Warum führt ihr denn Krieg mit ihr?«, fragte er weiter.

»Weißt du nicht«, versetzte der Erweckte, »dass unser König sie heiraten will, dass sie aber keinen anderen zum Gatten nimmt als den, der sie besiegt? Mit drei Heeren zogen wir gegen sie aus. Gestern erschlug sie das eine, heute bei Sonnenaufgang uns, jetzt kämpft sie eben mit dem dritten.«

Der Königssohn besprengte den Redner mit dem Wasser des Todes und sogleich lag dieser auf dem Boden.

Im dritten Tal lag das dritte Heer. Der Erweckte sagte: »Die Schlacht ist vorbei, Zauberilona hat uns alle getötet.«

»Wo finde ich sie?«, fragte der Königssohn.

»Über jenem Berg ist ihr Schloss«, gab der Erweckte zur Antwort und sank tot zu Boden, als der Königssohn ihn besprengte.

Der Königssohn ging über den Berg und kam zu Zauberilonas Schloss. Er konnte ungehindert hineingehen, keine Menschenseele war zu sehen. In Zauberilonas Schlafgemach hing ein Schwert, das sprang unaufhörlich aus seiner Scheide und wieder zurück.

Ei, wenn du so unruhig bist, dachte der Königssohn, so will ich dich für mich nehmen, du gefällst mir besser als mein Schwert. So zog er sein Schwert und tauschte die Klingen aus. Kaum war dies geschehen, stand Zauberilona vor ihm. »Du wagst es, in mein Schloss einzudringen?«, rief sie aus, »zieh dein Schwert, du musst mit mir kämpfen!«

Sie riss das Schwert von der Wand. Der Königssohn zog die Klinge, die er eben ausgetauscht. Sie begannen zu fechten, aber wie sich die Schwerter zum ersten Mal kreuzten, sprang Zauberilonas Schwert in der Mitte ab.

Da frohlockte sie: »Du bist mein Bräutigam!«, fiel ihm um den Hals herzte und küsste ihn.

Nachdem sie einige Zeit in Freude und Glückseligkeit zusammen gelebt, sprach Zauberilona eines Morgens: »Geliebter, ich muss dich auf kurze Zeit verlassen. Es ist zum ersten und letzten Mal, dass ich mich von dir trenne. In sieben mal sieben Tagen bin ich zurück, dann soll unser Leben in ewiger Freude dahinfließen. Alles im Schloss ist zu deinem Befehl, nur das letzte Zimmer betritt nicht, es könnte großes Unheil daraus entstehen.«

Mit diesen Worten war sie verschwunden. Dem Königssohn verging die Zeit sehr langsam, seit Zauberilona fern war. Er durchwanderte das ganze Schloss, bis er endlich an das letzte Gemach kam. Voller Neugier schloss er es auf.

Er sah einen alten Mann, dessen Bart war Feuer, es war der Flammenkönig, der Königssohn wusste das aber nicht.

Der alte Mann hatte drei stählerne Reifen um den Bauch, diese hielten ihn an der Mauer fest. Der Flammenkönig sprach: »Ich grüße dich, junger Mann! Sieh, mein Bart ist Flamme, mir ist so heiß, gib mir einen Becher Wein.«

Weil nun der Königssohn gutmütig war, gab er ihm einen Becher Wein. Wie ihn der Flammenkönig austrank, sprang ein Reif von seinem Bauche ab. Er lächelte und sagte: »Du hast mich sehr gelabt, gib mir noch einen Becher Wein.«

Der Königssohn tat es und wie der Flammenkönig ihn austrank, sprang der zweite Reif von seinem Bauch. Er lächelte wieder und sagte: »Zweimal hast du mir Wein gegeben, gib mir jetzt auch einen Becher Wasser.«

Als der Königssohn dies getan, sprang auch der dritte Reif ab und der Flammenkönig verschwand.

Zauberilona hatte noch nicht die Hälfte ihres Weges zurückgelegt, als schon der Flammenkönig an ihrer Seite stand. Er sprach zu ihr und sein Bart bewegte sich dabei zornig: »Du hast mich als Gemahl verschmäht, hast drei meiner Heere getötet, mich selber gefangen gehalten, nun bist du in meiner Gewalt. Nicht meine Gemahlin, die letzte meiner Dienerinnen sollst du sein.«

Seitdem Zauberilona den Königssohn geheiratet, hatte sie ihre Stärke verloren, alles Sträuben half ihr nicht. In drei Sprüngen trug sie der Flammenkönig in sein Reich.

Sieben mal sieben Tage waren vergangen, Zauberilona kam nicht wieder. Da wurde es dem Königssohn angst und er beschloss, zu seinen drei Schwägern zu reisen, um sie zu fragen, ob sie wüssten, wo seine Gemahlin Zauberilona wäre. Er gelangte zuerst zum Sonnenkönig, der eben nach Hause kam.

»Sei mir gegrüßt, Schwager«, sprach dieser.

»Ach lieber Schwager«, sprach der Königssohn, »ich suche meine Frau, die Zauberilona, weißt du wo sie ist? Hast du sie gesehen?«

»Nein!«, entgegnete der Sonnenkönig, »ich habe sie nicht gesehen. Vielleicht ist sie nur bei Nacht sichtbar. Du musst unsern Schwager, den Mondkönig fragen.« Sie speisten zusammen, dann ging der Königssohn weiter zum Mondkönig. Er gelangte zu dessen Palast, als der Mondkönig eben seine Nachtwanderung beginnen wollte. Der Königssohn klagte ihm seine Not. Darauf antwortete der Mondkönig: »Ich habe sie nicht gesehen, aber komm, pilgre die Nacht über mit mir, vielleicht sehen wir sie.«

Sie gingen die ganze Nacht, sahen sie aber nicht. Da sprach der Mondkönig: »Ich muss jetzt nach Hause, doch dort kommt unser Schwager, der Windkönig, rede mit ihm, er dringt überall ein, vielleicht hat er sie gesehen.«

Der Windkönig stand an ihrer Seite und als er seines Schwagers Anliegen vernahm, erwiderte er: »Allerdings weiß ich, wo sie ist. Der Flammenkönig hält sie in einer unterirdischen Höhle gefangen, sie muss sein Küchengeschirr am Glutbach waschen. Weil ihr dabei sehr heiß wird, hab' ich ihr oft schon Kühlung zugeweht.«

»Ich danke dir, lieber Schwager, dass du ihr Linderung verschafft hast«, sagte der Königssohn, »bringe mich zu ihr!«

»Sehr gern!«, antwortete der Windkönig. Er wehte seinen Schwager an und augenblicklich stand der Königssohn mit seinem Ross vor Zauberilona. Aus Freude ließ sie das Küchengerät in den Glutbach fallen, der Königssohn redete nicht viel, sondern hob sie auf sein Ross und ritt davon.

Der Flammenkönig war in seinem Zimmer und vernahm im Stall einen ungeheuren Lärm, er ging hinab und sah, dass sein Pferd sich aufbäumte, wieherte, in die Krippe biss und auf den Boden stampfte. Es war ein wunderbares Pferd, hatte neun Füße und verstand die Sprache der Menschen. »Was treibst du für tolles Zeug?«, rief der Flammenkönig, »hast du nicht Hafer und Heu genug oder hat man dich nicht getränkt?«

»Hafer und Heu hab' ich genug, auch hat man mich getränkt«, antwortete das Pferd, »doch Zauberilona wurde dir entführt.«

Des Flammenkönigs Bart zitterte vor Wut.

»Sei ruhig«, sprach das Pferd, »iss, trink, schlafe sogar, in drei Sprüngen hole ich sie ein.«

Der Flammenkönig tat, wie ihm sein Ross geraten. Als er sich gestärkt und ausgeruht, setzte er sich auf das Ross und in drei Sprüngen hatte er den Königssohn eingeholt, riss ihm Zauberilona aus dem Arm und rief, indem er zurücksprengte: »Weil du mir die Freiheit verschafft hast, töte ich dich nicht, kommst du aber noch einmal, so bist du verloren.«

Traurig ging der Königssohn zu seinen drei Schwägern und erzählte ihnen, was geschehen. Die drei Schwäger beratschlagten sich und sagten: »Du musst ein Pferd finden, das noch schneller läuft als das des Flammenkönigs. Es gibt aber nur ein einziges solches Pferd. Es ist der jüngere Bruder des Pferdes des Flammenkönigs, zwar nur mit vier Füßen, aber gewiss schneller als jenes.«

»Wo finde ich dieses Pferd?«, fragte der Königssohn.

Die Schwäger antworteten: »Die Hexe Eisennase hält das Pferd unter der Erde verborgen. Gehe zu ihr, tritt in ihre Dienste und fordere dieses Ross als Lohn.«

»Bringt mich hin, meine lieben Schwäger!«, bat der Königssohn.

»Sogleich«, entgegnete der Sonnenkönig. »Nimm aber zuvor diese Gabe von deinen Schwägern, die dich herzlich lieben.«

Mit diesen Worten gab er ihm einen kleinen Stab, der war halb von Gold und halb von Silber und zitterte unaufhörlich; er war aus Sonnenlicht, Mondenschein und Wind gemacht.

»So oft du unserer bedarfst, stecke diesen Stab in die Erde und wir sind bei dir.« Hierauf nahm der Sonnenkönig seinen Schwager auf einen Sonnenstrahl und trug ihn einen ganzen Tag. Dann nahm ihn der Mondkönig, trug ihn eine Nacht, zuletzt nahm ihn der Windkönig und trug ihn einen Tag und eine Nacht, dann war er beim Palast der Hexe Eisennase.

Der war aus lauter Totenköpfen gebaut, ein einziger fehlte noch, um das Gebäude zu vollenden. Der Königssohn klopfte und als die Hexe es hörte, sah sie zum Fenster hinaus und frohlockte: »Endlich wieder einer! Seit dreihundert Jahren warte ich auf den Totenkopf, der mein Prachtgebäude vollenden soll. Herein, mein lieber Junge!«

Der Königssohn trat ein, er stutzte ein wenig, als er die Alte aus der Nähe sah; sie war groß, hässlich, ihre Nase war von Eisen.

»Ich will in deine Dienste treten«, sprach er.

»Wohl«, erwiderte sie. »Was willst du zum Lohn?«

»Das Pferd, das du unter der Erde verwahrt hältst.« – »Du sollst es haben, wenn du treu dienst, fehlst du aber nur einmal, so bist du des Todes. Bei mir kannst du deinen Dienst sofort beginnen. Du musst meine Pferde auf die Seidenweide treiben, wenn abends eines fehlt, bist du des Todes.«

Hierauf führte sie den Königssohn zu dem Gestüt. Es waren jedoch alle Rosse von Erz, sie wieherten furchtbar und machten die sonderbarsten Sprünge.

»Geh an dein Geschäft!«, sprach die Hexe Eisennase und schloss sich in ihr Gemach ein.

Der Königssohn öffnete die Hürde, warf sich auf eines der erzenen Rosse und stürmte mit der ganzen Schar hinaus. Kaum waren sie auf der Seidenweide, als das Ross, auf welchem er ritt, ihn in einem tiefen Moorgrund abwarf, so dass er bis an die Brust versank. Die ganze Schar lief auseinander. Da steckte der Königssohn das Stäbchen, welches ihm sein Schwager gegeben, in die Erde, auf der Stelle fielen die Strahlen der Sonne so glühend nieder, dass der ganze Moorgrund austrocknete und die erzenen Rosse zu schmelzen anfingen. Voll Angst rannten sie zur Hürde zurück.

Die Hexe war sehr verwundert, die Pferde eingetrieben zu sehen. »Morgen musst du meine zwölf Rappen hüten«, sprach sie. »Bist du mit dem letzten Strahl der Sonne nicht zurück, so bist du des Todes.«

Die zwölf Rappen aber waren die Töchter der Hexe Eisennase. Der Königssohn ritt am nächsten Morgen hinaus. Sogleich liefen die zwölf Rappen auseinander. Der Königssohn steckte sein Stäbchen in den Boden und es erhob sich ein fürchterlicher Sturm. Jedem Ross wehte der Sturm entgegen. Wie sehr sich auch die Rappen aufbäumten, alle mussten nach Hause. Als der Königssohn die Stalltüre schloss, verschwand der letzte Strahl der untergehenden Sonne und die Hexe stand im Stall. Sie war überrascht, die Rosse und den Königssohn zu sehen.

»Wenn du heute Nacht arbeitest, bist du morgen frei. Geh und melke die Erzstuten, bereite ein Bad aus der Milch, mit dem ersten Sonnenstrahl muss es fertig sein.«

Wie der Königssohn aus dem Stalle war, nahm die Hexe eine eiserne Gabel und prügelte ihre Töchter die ganze Nacht hindurch. Der Königssohn ging zu dem Erzgestüt, er wusste, dass dies die schwerste Probe war, die er zu bestehen hatte. Gerade wollte er sein Stäbchen in den Boden stecken, als ihm sein Schwager, der Mondkönig, begegnete und sprach: »Ich suche dich, ich weiß schon, was du brauchst. Wo ich hinscheine, bei der Hürde der erzenen Rosse, dort grabe drei Spannen tief, dann findest du einen goldenen Zaum; wenn du den in der Hand hältst, gehorcht dir jedes Ross.«

Der Königssohn tat, wie ihm der Mondkönig geraten, und alle Rosse des Erzgestüts standen ruhig und ließen sich melken. Am Morgen war das Bad fertig, die Milch rauchte und dampfte, sie war siedend. Die Hexe Eisennase sprach: »Setze dich hinein.«

Der Königssohn entgegnete: »Wenn ich diese Probe bestehe, reite ich augenblicklich davon, lass also das Pferd vorführen, das du mir als Lohn versprochen.«

Bald stand das Pferd an der Badewanne. Es war klein, unansehnlich und schmutzig. Wie der Königssohn hinzutrat, um in die Wanne zu steigen, tauchte das Ross den Kopf in die Milch und sog alles Feuer in sich, so dass der Königssohn im Bad unverletzt blieb. Als er herausstieg, war er siebenmal schöner als zuvor. Hexe Eisennase fand Wohlgefallen an ihm und dachte sich: »Jetzt werde ich mich ebenfalls siebenmal schöner machen als ich bin und dann heirate ich diesen Jungen.«

Sie sprang in die Badewanne. Das Ross aber steckte seinen Kopf wieder in die Milch, blies das Feuer, das es zuvor eingesogen, durch die Nüstern wieder heraus und die Hexe Eisennase verbrannte augenblicklich.

Der Königssohn schwang sich auf sein Ross und ritt davon. Wie sie aus dem Gebiet der Hexe Eisennase waren, sprach das Ross: »Wasche mich in diesem Bach.«

Der Königssohn tat es und das Pferd wurde goldfarben, an jedem Haar hing ein goldenes Glöckchen. Das goldfarbene Pferd sprang mit einem Sprung über das Meer und trug seinen Herrn zur Höhle des Flammenkönigs.

Zauberilona stand wieder am Glutbach und wusch das Küchengerät.

»Komm!«, rief der Königssohn, »ich will dich retten.«

»Ach!«, sprach sie, »der Flammenkönig tötet dich, wenn er dich einholt.«

Der Königssohn hatte sie aber schon aufs Ross gehoben und sprengte davon.

Das neunfüßige Pferd des Flammenkönigs begann im Stall einen ungeheuren Lärm.

»Was ist?«, rief der Flammenkönig.

»Zauberilona ist entflohen«, antwortete das neunfüßige Pferd.

»So will ich noch essen, trinken und schlafen, in drei Sprüngen holst du sie ein, wie du es schon einmal getan«, sagte der Flammenkönig.

»Nein!«, sprach das neunfüßige Pferd, »setze dich gleich auf und dennoch werden wir sie nicht einholen. Der Königssohn reitet meinen jüngeren Bruder und dieser ist das schnellste Ross der Welt.«

Der Flammenkönig schnallte seine Feuersporen an und flog den Flüchtenden nach. Wohl sah er sie, aber sie einzuholen vermochte er nicht. Da rief das Ross des Königsohns zurück: »Bruder, was lässt du dir Feuersporen in die Rippen stoßen, sie verbrennen deine Eingeweide und ereilen wirst du mich doch nicht. Es wäre besser, wir dienten friedlich einem Herrn.«

Das neunfüßige Pferd sah dies ein und wie ihm der Flammenkönig die Sporen wieder in die Seiten stieß, schlug es aus und warf den Flammenkönig ab. Weil sie eben hoch in der Luft waren, gerade oben bei den Sternen, fiel der Flammenkönig so schwer nieder, dass er sich das Genick brach. Der Königssohn aber brachte Zauberilona auf ihr Zauberschloss zurück. Dort hielten sie nochmals eine große Hochzeit, lebten sehr vergnügt und leben mit ihren beiden Pferden noch, wenn sie nicht gestorben sind.

[Märchen aus Ungarn]

Das Zauberpferd

Es war einmal eine arme, arme Frau, die hatte einen Knaben und suchte durch Spinnen so viel zu verdienen, dass sie davon leben konnten; was sie aber zu Hause spann, das trug der Knabe zum Verkauf. Einmal hatte er einen ganzen Groschen eingelöst und kam fröhlich nach Hause. Da sah er, wie Knaben eine junge Schlange quälten. Er erbarmte sich und sprach: »Gebt mir das Tier um einen Groschen!«

Da waren sie zufrieden. Da nahm der Knabe die Schlange und trug sie nach Hause und sprach: »Siehe, Mutter, was ich für den Erlös gekauft habe!«

Die Mutter aber schüttelte den Kopf und sprach: »O du törichter Mensch, wie hast du um das giftige Tier einen Groschen geben können?« – »Lass es nur gut sein, Mutter, die wird mir gewisslich einmal danken!«

Er pflegte sie nun sehr gut und gab ihr von allem, was er aß und trank, und sie wuchs allmählich zu einer mächtigen Schlange heran. Als sie nun groß genug und ausgewachsen war, sprach sie eines Tages zum Knaben: »Wisse, ich bin die einzige Tochter des großen Schlangenkönigs; setze dich nun auf meinen Rücken. Ich will in meine Heimat ziehen und dich mitnehmen und mein Vater wird dir 's vergelten, was du an mir getan hast!«

Der Knabe setzte sich auf die Schlange und in kurzer Zeit waren sie weit, weit weg in einem großen Wald. Da sprach die Schlange: »Krieche hier auf den höchsten Baum!«

Kaum war es geschehen, so pfiff sie dreimal so gewaltig, dass der scharfe Ton dem Knaben durch und durch ging, als sei er mit einer langen Nadel durchstochen worden. Mit einem Mal wimmelten von allen Seiten eine Menge Schlangen heran und sie waren froh, dass die verlorene Königstochter wieder da war, und sie schmiegten sich an sie und neigten sich vor ihr. Endlich kam auch ihr Vater, der Schlangenkönig; er war größer als die anderen Schlangen und hatte eine Krone auf, darin strahlte ein großer Karfunkelstein. Er aber freute sich sehr, als er seine Tochter sah; sie musste ihm erzählen, wie sie von bösen Knaben gefangen und gequält, endlich von einem guten gekauft und dann gepflegt worden war. Da fragte der König, wo der gute Knabe zu finden sei. Er möchte ihm die Wohltat vergelten.

»Wenn du mir versprichst, dass du ihm nichts Übles zufügen und ihm das schenken willst, was er sich wünscht, so will ich ihn herbeiholen!« – »Ja, das soll geschehen!«, sprach der Schlangenkönig.

Da rief die Schlange den Knaben vom Baum herunter. Dieser kam voller Furcht, denn die Schlangen züngelten und zischelten von allen Seiten nach ihm. Aber sie durften ihm nichts tun!

»Nun«, sprach der Schlangenkönig, »wünsche dir etwas, Junge, weil du so gut für meine Tochter gesorgt hast!«

Diese hatte aber dem Knaben während der Reise gesagt, er solle nur das weiße Zauberpferd ihres Vaters mit den acht Füßen verlangen und den Karfunkelstein aus der Krone. So tat er jetzt. Aber der Schlangenkönig wollte nicht und sprach:

»Ich gebe dir jedes andere von meinen Pferden und große Schätze dazu. Nur mein weißes Zauberpferd und den Karfunkelstein kann ich dir nicht geben!« Doch der Knabe beharrte auf seinem Wunsch. Da wurde der Schlangenkönig zornig: »Lieber will ich dich gleich verschlingen, als dass ich mein kostbarstes Gut dir geben sollte!«

Und wie er's gesagt, war der Knabe auch schon von dem Schlangenkönig verschlungen. Nun aber fing die Königstochter an zu jammern und zu klagen: »Wehe mir, wäre ich doch lieber nie mehr gekommen, um nicht zu sehen, wie undankbar mein Vater ist und wie er sein Wort nicht hält!«

Als dies der Alte hörte und seine Tochter nicht trösten konnte, so spie er den Knaben wieder aus. Aber der sah jetzt nicht mehr aus wie ein armer Junge, sondern er war groß und schön wie ein Königssohn. Der Schlangenkönig brach den Karfunkelstein aus seiner Krone, gab ihn dem Jüngling und sprach: »Du sollst auch mein Pferd gleich haben!«, und er ließ das weiße Zauberpferd herbeiführen, setzte den Jüngling darauf und sprach: »Reite nun in die Welt und wenn du etwas Schweres zu verrichten hast, sage es nur deinem Pferd, das wird dir immer helfen. Wenn es aber Nacht ist, so nimm nur den Karfunkel hervor und füge ihn dem Pferd an die Stirne, so wirst du vor dir immer Tag haben!«

Damit ritt der Jüngling fort und bald waren sie aus dem Schlangenreich hinaus. Denn das Pferd lief schneller als der Morgenwind und sprang immer von einer Bergspitze zur anderen. Er hatte aber immerfort Tag; denn wenn die Nacht herankam, nahm er den Karfunkelstein hervor und der strahlte wie die Sonne. Endlich kam er in ein Land, wo ein reicher und stolzer König herrschte. Eben ward es Tag. Da verbarg er den Karfunkelstein und zog an den Hof und sprach, er wolle dem König dienen, wenn er sein Pferd auch in dem königlichen Stall halten dürfe. Das gewährte man ihm gern. Der König aber war ein großer Jäger und war alle Tage auf der Jagd. Wer nun von seinen Dienern das meiste Wild erlegte, der war ihm der liebste. In kurzer Zeit war das der junge Knecht. Denn wenn er auf seinem weißen Zauberpferd jagte, so konnte ihm kein Wild, weder Hirsch, noch Wolf, noch Bär und Eber, entgehen. Der König nahm nun den anderen Knechten von ihrem Lohn und gab alles seinem Liebling. Das ärgerte diese und sie trachteten ihn zu verderben.

Es war aber am Ende einer Wüste in hohem Schilfrohr eine wilde Kräm (Sau) mit goldenen Borsten und hatte zwölf Ferkel. Schon viele, die sie hatten erjagen wollen, waren elendiglich umgekommen. Der König wusste auch davon und hätte die Kräm wohl gerne gehabt. Doch wagte er selbst nicht, sie zu erjagen. Nun kamen die falschen und neidischen Knechte vor den König und sprachen: »Herr, dein Knecht hat sich gerühmt, es sei ihm ein

Leichtes, die wilde Kräm mit den goldenen Borsten samt ihren zwölf Ferkeln zu fangen!«

Da ließ ihn der König sogleich zu sich rufen und sagte ihm, was er gehört hätte. Allein der Knecht beteuerte, er wisse nichts davon. Der König aber ließ sich nicht abbringen und sprach:

»Wenn morgen früh die Kräm mit den goldenen Borsten samt ihren zwölf Ferkeln nicht in meinem Schlosshof herumläuft, so lasse ich dir das Haupt abschlagen!«

Da ward der Jüngling sehr traurig, ging in den Stall und klagte es seinem Pferd. »Fasse nur Mut!«, sprach dieses, »ich will dir dazu verhelfen. Gehe gleich zum König und verlange von ihm einen großen langen Sack auf zwanzig Kübeln und lasse denselben inwendig mit Pech bestreichen.«

Als das geschehen war, nahm der Jüngling den Sack und setzte sich auf sein Pferd und das trug ihn über die Sandwüste zum Schilfe. Hier stellte er, wie sein Pferd ihm gesagt, den Sack offen hin, stand selbst daneben und das Pferd fing an zu wiehern. Da knisterte und regte sich auf einmal das Schilfrohr. Als die Kräm aus der Ferne das Pferd und den Reiter erblickte, stand sie ein wenig stille, machte wilde Augen und indem sie fürchterlich schnaubte, rannte sie wie der Blitz auf jene los. In der blinden Wut aber sah sie nichts und lief gerade in den Sack hinein und die Ferkel folgten ihr gleich nach: Der Jüngling schnürte den Sack schnell zu und legte ihn auf das Pferd und ritt heim. Im Burghof band er den Sack auf und die Kräm mit ihren Ferkeln lief heraus und rannte hin und her, aber sie konnte die eisernen Burgtore nicht durchsprengen.

Als am Morgen der König erwachte, sah er den gewaltigen Glanz an den Schlossfenstern und hörte auch das fürchterliche Grunzen. Da hatte er große Freude, als er die Kräm mit den Goldborsten und ihren zwölf Ferkeln sah, und sein Knecht war ihm umso lieber und er musste mit ihm an einem Tische essen. Allein das verdross die anderen Knechte noch mehr. Sie ersannen einen neuen Plan, ihn zu verderben; sie kamen zum König und sprachen: »Dein Knecht hat sich gerühmt, es sei ihm ein Leichtes, dir die schöne Königstochter mit den goldenen Zöpfen zu verschaffen.«

Diese aber wohnte weit über dem Meer. Ihre Schönheit hatte schon viele stolze Freier angelockt; doch hatte sie alle fortgewiesen, denn sie wollte immer ohne Gemahl bleiben. Der König ließ seinen Knecht sogleich vor sich rufen und sagte ihm, was er gehört hatte. Der beteuerte zwar, er wisse nichts davon. Doch der König bestand darauf: »Wenn sie in drei Tagen nicht hier zur Stelle ist, so lasse ich dir das Haupt abschlagen!«

Nun ward der Jüngling abermals traurig, ging in den Stall und klagte es seinem Pferd. Dieses tröstete ihn und sprach: »Ich will dir dazu verhelfen. Gehe nur zum König und sage ihm, er solle ein Schiff bauen lassen und das Schönste und Beste, was er habe, hineinlegen.«

Das geschah. Viele Kostbarkeiten wurden ins Schiff gebracht. Aber das Schönste war ein Bett, desgleichen man noch nie gesehen hatte. Der Jüngling nahm sein Pferd aufs Schiff und segelte ab.

Als er in dem Lande der schönen Königstochter angekommen war, ankerte er in der Nähe des Palastes und öffnete das Schiff nach allen Seiten und fügte den Karfunkelstein an die Seite, dass es strahlte und man die Schätze weithin sehen konnte. Die schöne Königstochter trat auch an das Schlossfenster und sah die Pracht. Sie schickte gleich ihre Mägde hin, die sollten das Kostbarste und vor allem das Bett mit dem Karfunkelstein kaufen. Aber der Jüngling war von seinem Pferd schon belehrt worden und ließ sagen, das Bett sei sehr groß und könne sehr schwer hin- und hergetragen werden, die Königin möge selbst kommen und erst versuchen, ob es für sie gut sei. Dann möge sie auch die anderen Sachen im Schiff ansehen, vielleicht gefalle ihr anderes. Die Königin erschien sofort in ihrer glänzendsten Kleidung auf dem Schiff, sah die vielen Sachen, legte sich zuletzt auf das schöne Bett, um es auszuprobieren. Es war aber gerade gut. Wie sie nun vieles gekauft hatte und heimkehren wollte, sah sie auf einmal, dass sie weit weg war vom Lande. Während sie nämlich die schönen Dinge angesehen, hatte man das Schiff ganz sanft vom Lande gestoßen und ohne dass sie es gemerkt, war sie immer weiter fortgeführt worden. Da ward sie zornig und sprach, das sei Verrat und sie wolle sich schon rächen. Der Jüngling sagte, sie möge nicht böse sein, denn sie würde die Gemahlin eines großen Königs werden.

»Das wird nie und nimmer geschehen!«, rief sie trotzig.

Als sie an dem Hof anlangten, eilte ihnen der König entgegen und war von ihrer Schönheit über die Maßen entzückt, dass er zu seinem Knecht sprach: »O, das kann ich dir nicht genug vergelten!«

Er bot der Königsjungfrau sogleich seine Hand an. Diese aber erwiderte mit finsterem Blick: Nein, nie und nimmermehr wolle sie seine Gemahlin werden, bis er nicht ihre Stuten samt dem Fohlenhengst hergebracht habe.

Sie dachte sich aber dadurch frei zu machen, denn sie wollte keinen Gemahl und sie glaubte, das werde der König nicht bewerkstelligen können.

Die Stuten waren auf einer großen Wiese unter dem Meer, allein von einem Fohlenhengst bewacht, der Feuer schnaubte und so stark war, dass man glaubte, es gebe nichts Stärkeres, das ihn bewältigen könne.

Da ging der König zu seinem Knecht und sprach: »Hast du mir die Königsjungfrau gebracht, so musst du mir auch ihre Stuten samt dem Fohlenhengst bringen!«

Der Knecht bat und sprach, das werde nicht gehen. Aber der König sprach: »Geschieht es bis morgen um diese Zeit nicht, so hast du dein Haupt verloren!«

Da fing der Knecht an zu klagen, das sei doch großer Undank für so treue Dienste, und erzählte es seinem Pferd.

»Gehe gleich zum König!«, tröstete ihn dieses, »und lasse mir einen Mantel aus sieben Büffelhäuten machen.«

Als das geschehen war, ritt der Jüngling an das Ufer der See und ließ, so wie ihm sein Pferd sagte, eine große Erdhöhle graben, so dass er sich und sein Pferd darin wohl verbergen konnte. Dann fing das weiße Zauberpferd laut an zu wiehern und lief darauf mit dem Jüngling in die Höhle. Als der Hengst das Gewieher hörte, spitzte er die Ohren, glaubte Gefahr zu spüren und lief im Sturm nach der Richtung, woher das Wiehern gekommen war. Allein als er am Ufer anlangte und hier nichts sah, eilte er zurück. Nun wieherte das Zauberpferd zum zweiten Mal und versteckte sich gleich wieder. Der Fohlenhengst kam abermals im Sturm herangelaufen, sah sich um, wie er aber nichts merkte, kehrte er um. Jetzt wieherte das Zauberpferd zum dritten Mal und blieb nun auf der Stelle stehen und erwartete mit Kampfbegier den Fohlenhengst. Der stürmte Feuer schnaubend heran und fiel über das Zauberpferd her und beide bissen sich nun so, dass das Blut in Strömen floss, aber keiner gab nach. Der Meerhengst war zwar noch immer trotzig und biss dem Zauberpferd allmählich alle sieben Büffelhäute durch, aber da war er auch von der großen Anstrengung des Kampfes und dem dreimaligen Laufen müde. Das Zauberpferd hatte aber noch seine ganzen Kräfte und biss den Fohlenhengst noch einmal so, dass er niederfiel und sich ergab. Da kam der Jüngling herbei und legte ihm den Zaum an und jetzt ging er geduldig neben dem Zauberpferd und alle Stuten folgten von selbst ihrem Hüter.

Als sie an den Hof gelangten, freute sich der König sehr und sprach zum Jüngling: »Jetzt will ich nichts mehr von dir verlangen!«, und kam zur Königsjungfrau und sagte: »Die Stuten und der Hengst sind am Hof, nun wirst du wohl nicht länger zaudern und meine Gemahlin werden!«

Aber sie sprach wieder trotzig: »Noch nicht. Erst melke die Stuten und bade in der siedenden Milch, dass du so weiß wirst, wie ich bin!«

Sie hoffte aber, das werde er nicht können. Da kam der König nochmals zu seinem Knecht und sagte: »Höre, du musst mir noch die Stuten melken!« – »O König, habe ich nicht genug für dich getan und hast du mich nicht selbst freigesprochen?« – »Was ich dir befehle, musst du tun; geschieht es nicht, so lasse ich dir das Haupt abschlagen!«

Da ging der Knecht traurig in den Stall und klagte es seinem Pferd. Das tröstete ihn und sprach: »Führe mich nur gleich in den Hof.«

Als das geschehen war, so blies es einmal aus seinem linken Nasenloch und es wurde gleich so frostig kalt, dass alle Stuten und der Fohlenhengst im Kot, in dem sie standen, einfroren; so ließen sich alle gleich melken. Nun wurde die Milch in einen großen Kessel geschüttet und zum Sieden gebracht. Als sie hoch aufbrodelte, rief die stolze Königsjungfrau: »Nun, König, jetzt steige hinein und bade!«

Da fürchtete er aber, er werde sogleich in dem siedenden Qualm ersticken. Er ließ wieder seinen Knecht herkommen und sprach: »Gleich steige hinein und bade da, dass ich sehe, wie es ist!«

Da sprach der Jüngling: »O König, du verlangst Unbilliges von mir, stehe ab!« Da drohte der König: »Tust du es nicht, so lasse ich dir das Haupt abschlagen!«

Nun ging der Jüngling traurig in den Stall und klagte es seinem Pferd.

»Führe mich nur zum Kessel, dann fürchte dich nicht und steige getrost hinein!«

Der Jüngling tat es so. Als er sich nun entkleidet hatte und hineinstieg, blies das Pferd aus dem linken Nasenloch so viel Frost hinein, dass die Milch lauwarm wurde.

»O, wie prächtig ist es!«, rief der Jüngling und wurde zusehends weiß, dass es eine Herrlichkeit war, ihn anzusehen.

Da rief der König: »Heraus, schnell!«, denn er fürchtete, der Knecht werde zu schön werden, und sprang darauf selbst hinein. Kaum war aber der Jüngling heraus, so blies das Zauberpferd aus dem rechten Nasenloch solche Glut in den Kessel, dass die Milch gleich wieder aufbrodelte und der König im Nu darin verschwand und zerkocht war, dass man gar nichts von ihm als die weißen Knochen fand. Jetzt trat der Jüngling vor die stolze Königsjungfrau und sprach: »Ich bin der Mann, dem das Zauberpferd gehört und der Karfunkelstein, der die Kräm mit den Goldborsten samt ihren zwölf Ferkeln eingefangen, der dich hier hergebracht und die Stuten gemolken und in der siedenden Milch gebadet hat, willst du mich zum Gemahl?«

Er war aber jetzt so schön, so sieghaft und gewaltig von Gestalt, dass die stolze Königsjungfrau in Liebe erglühte und ausrief: »Ja, dich und keinen anderen will ich haben!«

So ward der Jüngling Gemahl der schönen Königsjungfrau mit den goldenen Zöpfen und war jetzt auch Herr und König des Reiches, das sein undankbarer Gebieter besessen hatte. Die falschen Diener aber, welche die gerechte Strafe fürchteten, waren bei Zeit geflohen. Was mit dem Zauberpferd, dem Fohlenhengst und den Stuten weiter geschehen, weiß niemand zu sagen. Aber der junge König und die schöne Königin lebten noch lange glücklich und leben bis auf den heutigen Tag, wenn sie nicht gestorben sind.

[Märchen aus Siebenbürgen]

Das Kupfer-, Silber- und Goldgestüt

Wo war 's, wo war 's nicht, da war einmal auf der Welt ein Mann. Dieser Mann hatte drei Söhne, zwei waren klug, der eine halbnärrisch, der tat nichts anderes als stets auf dem Misthaufen herumzulungern. Der Mann hatte auf seinem Hof einen Strohhaufen, der jede Nacht, die der liebe Gott werden ließ, durcheinander gewühlt wurde. Sie konnten auf keine Weise herausbekommen, wer das täte. Einstmals sagte der Mann zu seinem ältesten Sohn:

»Geh, mein Sohn, schlafe heute Nacht auf dem Haufen; pass auf, wer ihn auseinander wühlt.«

Nun gut, so geschah 's. Seine liebe Mutter buk ihm Kuchen, nähte ihm auch einen Ranzen, in den sie den Kuchen tat. Er stieg auf den Haufen; doch wahrlich, er verstand das Aufpassen nicht; denn als er am andern Morgen in der Frühe erwachte, da war der Haufen so zerrauft wie stets.

Da sprach der mittlere: »Na, jetzt werde ich aufpassen, wer das macht, mein lieber Vater.«

Auch ihm nähte die Mutter einen Ranzen, buk auch ihm Kuchen; aber siehe, der verstand sich auch nicht aufs Aufpassen, denn das Stroh war am andern Morgen in der Frühe ebenso zerrauft wie vordem.

Jetzt sprach der jüngste, dieser halbnärrische:

Ich sehe schon, das muss ich auch noch machen. Ohne mich können die nichts zu Stande bringen.«

Als seine beiden Brüder das hörten, ärgerten sie sich. Sie sagten: »Du Narr, wenn wir beide nicht aufpassen konnten, wirst du's, du Narr, noch weniger können.«

»Darum sorgt euch nicht; das ist meine Sache.«

Auch ihm nähte die liebe Mutter einen Ranzen, buk ihm auch Kuchen.

Als es Abend wurde, stieg er auf den Strohhaufen. Doch er schlief nicht ein wie seine Brüder. So gegen zehn Uhr kam eine kleine Maus aus dem Stroh heraus, die sprach zu ihm: »O mein lieber Bruder, ich bin so hungrig, gib mir einen kleinen Happen zu essen.«

Sie dauerte ihn, er gab ihr einen Kuchen.

»Nun, weil du mir das gegeben hast, will ich dir verkünden, wie du den Strohhaufen hüten kannst. Drei Pferdeherden pflegen hierher zu kommen, eine kupferne, eine silberne und eine goldene. Sie kommen nacheinander. Auf das jeweils schönste Pferd schwinge dich! Sie werden sich alle bäumen; doch kümmere dich nicht darum; nur halte dich gut fest, damit sie dich nicht abwerfen.«

»Na, das kannst du nur mir überlassen«, sagte der halbnärrische Bursche.

Als die kleine Maus fortgegangen war, da kam nicht lange darauf die Herde Kupferpferde mit großem Getöse. Er wartete nur, dass das schönste Kupferpferd in seine Nähe kam, dann schwang er sich gleich hinauf. Das schlug zwar tüchtig aus, doch er hielt sich gut an seiner Mähne fest. Als es dann sah, dass es ihn nicht abwerfen konnte, ergab es sich. Als das die andern sahen, stürmten sie mit großem Lärm weiter. Da sprach das Pferd:

»Sobald du meiner bedarfst und du bläst auf dieser Kupferpfeife, die ich dir gebe, so werde ich immer da sein, dir zu helfen; lass mich nur frei! So oft du meiner bedarfst, blase nur und ziehe dieses Kupfergewand an.«

Nun gut, er ließ es frei. So gegen zwölf Uhr kam die Silberpferdeherde. Auch hier schwang er sich auf das schönste. Das bäumte sich auch tüchtig, doch es konnte ihn nicht abwerfen. Es ergab sich und die andern liefen von dannen. Das silberne Pferd gab ihm eine silberne Pfeife und ein silbernes Gewand, dass er im Fall der Not nur diese Pfeife blase und dies Gewand anlege.

Er ließ auch dieses frei. Gegen zwei Uhr kam das Goldgestüt. Nur zu! Drauflos! Plötzlich saß er auf dem schönsten Ross. Das ergab sich auch, die andern stürmten davon. Das goldene Pferd gab ihm ein goldenes Gewand und eine goldene Pfeife; wenn er die bliese, dann würde es stets zu seinem Beistand da sein.

In der Frühe, als die Brüder erwachten, sahen sie, dass der Strohhaufen nirgends zerrauft war. Sie waren voller Neid auf ihren Bruder, doch sie konnten ihm nichts anhaben.

Kurz darauf wurde auf dem Markte der Stadt nach des Königs Befehl ein großer Tannenstamm aufgepflanzt, auf dessen Spitze ein Schilfhalm, auf des Schilfhalms Spitze eine Gerte, auf der Spitze der Gerte eine Nadel, auf der Spitze der Nadel ein goldener Apfel. Dann ließ der König ausrufen, dass er demjenigen seine Tochter zur Gemahlin gebe, der diesen goldenen Apfel mit einem Pferdesprung herunternehme.

Als dies die beiden ältesten Brüder hörten, wählten sie die schönsten von ihres Vaters Pferden aus, um ihr Glück zu versuchen. Doch siehe, sie kamen dem goldenen Apfel nicht einmal nahe! Der halbnärrische Bursche ging auch hin, das erste Mal in dem Kupfergewand. Er blies die Kupferpfeife, siehe, da erschien das Pferd. Er saß auf, doch drei Klafter fehlten noch bis zum Apfel. Aber er sagte niemandem, wer er sei. Als seine Brüder heimkamen, da lungerte er schon auf dem Misthaufen herum.

Anderntags kleidete er sich in das Silbergewand. Er blies die silberne Pfeife, da erschien das silberne Pferd; er saß auf, dann sprang er geradewegs nach dem goldenen Apfel. Jetzt fehlte nur noch ein halber Klafter, dass er den goldenen Apfel gegriffen hätte. Als seine Brüder heimkamen, denn die gingen jeden Tag hin, da lungerte er schon lange auf dem Misthaufen herum.

Am dritten Tage zog er das Goldgewand an und ritt auf dem goldenen Pferde von dannen. Nun, mit dem sprang er jetzt glücklich über den Tannenstamm, erwischte auch den goldenen Apfel. Danach eilte er heim. Den Goldapfel steckte er unter seine Mütze.

Als dann seine Brüder heimkamen, lungerte er schon längst wieder auf dem Misthaufen herum.

Das war so weit ganz gut; doch der König ließ nach dem goldenen Apfel suchen. Alle Stadttore wurden geschlossen, damit niemand hinausgehen könne. Nun langten die Diener auch bei seinem Hause an, um dort alles nachzusehen. Die beiden älteren Brüder hatten sie schon durchsucht, aber natürlich fanden sie bei ihnen ebenso wenig etwas wie anderswo. Da sprach der eine Diener, als er den halbnärrischen Burschen auf dem Misthaufen erblickte: »Den müssen wir auch noch ansehen; wer weiß, was darinnen stecken mag!«

Die beiden Brüder sprachen: »Da gebt euch keine Mühe mit, bei dem ist nichts; der ist ja doch immer auf dem Misthaufen.«

Aber sie riefen ihn doch.

Ohne Gruß kam der Halbnärrische heran.

»Donnerwetter, du Lümmel, weißt nicht, was sich gehört?«, sprach der eine; damit riss er ihm die Mütze vom Kopf. Mehr bedurfte es nicht. Mit schrecklich großem Lärm führten sie ihn zum König. Da war eine Glaskutsche, vor die spannten sie das kupferne, das silberne und das goldene Pferd, denn die hatte er herbeigerufen, damit sie bezeugten, dass er wirklich den Apfel heruntergenommen habe. In die Kutsche setzte er sich mit der wunderschönen Königstochter, dann fuhren sie durch die ganze Stadt. Nach ein paar Tagen hielten sie große Hochzeit; sie leben jetzt noch, wenn sie noch nicht gestorben sind.

[Märchen aus Ungarn]

Das wilde Pferd und der Königssohn

Ein kriegslustiger König hatte zwei Söhne. Die waren groß und stark gewachsen und der Stolz des Vaters. Sie wurden schon ganz früh in der Kriegskunst geübt, im Reiten, Fechten und Lanzenstoßen.

Bald kam wieder ein Krieg und der Vater musste mit seinen Söhnen hinein. Als der Vater fort war, bekam die Königin noch einen Sohn. Der war schon von Geburt an den andern überlegen. Kaum acht Tage alt, konnte er schon sitzen, mit zehn Tagen laufen, mit zwanzig Tagen sprechen, mit dreißig Tagen reiten und fechten. Er war ein wahres Wunderkind, was ja in früheren Zeiten nicht selten war!

»Diesen Sohn«, dachte die Mutter, »werde ich ganz für mich behalten. Den werde ich mir verstecken, wenn der Vater wiederkommt.«

Als der Krieg vorbei war, kehrte der Vater mit seinen Söhnen zurück. Den Jungen hatte die Königin versteckt. Er war angeblich tot.

Wie gesagt war der Vater ein kriegslustiger König. Es dauerte nicht lange, da war wieder Krieg. Aber dieses Mal war das Königreich bedroht. Da dachte die Mutter, es wäre doch besser, wenn sie diesen stärksten Sohn aus dem Versteck holen würde, sobald der Vater fortzieht. Der König und seine Söhne freuten sich sehr über den Jungen. Es musste aber ein besonderes starkes Pferd für ihn gesucht werden, denn er war nicht nur sehr stark, er war auch schwer.

Man brachte ein sehr starkes Pferd. Aber beim Besteigen brach es schon die Beine. Darauf wurde ein noch stärkeres gesucht, auch das brach zusammen. So brachen alle Pferde zusammen, die man brachte.

Der König hatte ein Pferd, das war furchtbar wild und gerade so stark und gescheit. Es war eingemauert, weil keiner daran konnte und durfte.

Der starke Königssohn aber war sehr traurig, weil kein Pferd ihn tragen konnte und er meinte schon, er müsse bei der Königin daheim bleiben. Da zeigte man ihm das eingemauerte Pferd, das so wild und stark war, das keiner es bändigen konnte. Als der Königssohn das Pferd sah, freute er sich über alle Maßen und ebenso freute sich das Pferd. Vor lauter Freude schlug es die Mauern auseinander, weil es merkte, dass es heraus durfte. In dem jungen Prinzen sah das Pferd seinen Freund. Gegen ihn war es so fromm, wie es gegen andere wild war. Es ließ sich beschlagen mit Hufeisen aus dem härtesten Stahl. Wo es hintrat, wurden die Steine zu Mehl.

Dann ging 's in die Schlacht! Dieses Pferd rannte viel schneller als alle andern Pferde. Das Schwert des Prinzen war doppelt so lang wie andere Schwerter. Sein Pferd ließ sich fast nicht mehr zügeln vor Freude und auch dem Prinzen ging es nicht schnell genug. Bald hatten sie den Feind erreicht. Das Pferd schlug mit den Vorderfüßen und der Prinz mit seinem langen Schwert, so dass der Feind schon zerstreut und in Unordnung geraten war, bis der König mit seinem Gefolge ankam. Man schickte sofort einen Boten zu der Königin, um den Sieg des jungen Prinzen zu melden. Sie jubelte vor Freude auf und dankte unserem Herrgott, schickte einen Boten zu dem Sohn und ließ ihm sagen, er solle den Feind weit vertreiben, aber ihn nicht vernichten, sonst könnte Gott ihn strafen.

Der Prinz verfolgte den Feind und machte mit seinem Pferd seine Sprünge hinter ihm her. Mit einem Sprung kam er über Flüsse, auf Berge, Hügel, in Täler und Schluchten.

Der Feind sah in ihm einen noch viel stärkeren Gegner, als er selbst war, und ergab sich kniefällig.

Der Prinz aber ließ die Feinde in Ordnung abziehen und sie kamen bis heute nicht wieder. Der König zog mit seinen Söhnen zur Königin zurück. Das starke Pferd blieb fromm bei dem starken Prinzen, gegen andere aber blieb es ebenso wild. Wenn das Pferd nicht tot ist, dann lebt es heute noch immer!

[Märchen aus Lothringen]

Der goldene Dragoner

Es waren einmal ein Graf und eine Gräfin. Sie waren unermesslich reich und ebenso freigebig wie reich. Sie hatten nur einen einzigen Sohn, doch der war schön wie die Sonne, treu wie Gold und stark und kühn wie Samson.

Am Morgen seines achtzehnten Geburtstages umarmte der junge Graf seine Eltern und sprach: »Vater und Mutter, lebt wohl. Ich werde nun zum König von Frankreich gehen und ihm Kriegsdienste leisten.«

Und er schwang sich auf sein großes geflügeltes Pferd, das so schnell ist wie der Blitz, und ritt durch die Wolken davon. Drei Jahre lang diente der Grafensohn dem König von Frankreich. Er befehligte die goldenen Dragoner und er besiegte alle Feinde seines Herrn.

Als der Friede geschlossen war, ging er in das Schloss des Königs, verneigte sich vor ihm und sprach: »König von Frankreich, deine Feinde sind besiegt, der Friede ist geschlossen. Ich werde nun wieder heimreiten zu Vater und Mutter.«

»Leb wohl, goldener Dragoner, möge Gott dich geleiten.«

Und der goldene Dragoner schwang sich auf sein großes, geflügeltes Pferd, das so schnell ist wie der Blitz, und ritt durch die Wolken davon. Bei Anbruch der Dunkelheit befand er sich schon über dem Schloss seiner Eltern. Da hörte er von unten am Wegesrand einen Klageruf.

»Mein Gott! Mein Gott!«

Der goldene Dragoner senkte das große geflügelte Pferd zur Erde. Da saß am Wegesrand eine weiße Dame und klagte.

»Meine Dame, warum weint und klagt Ihr so?«

»Ach, goldener Dragoner, ich habe Grund, zu weinen und zu klagen. Man hat mich gegen meinen Willen an den Herrn der Nacht verlobt. Und dem Herrn der Nacht ist Gewalt gegeben vom Anbruch der Dunkelheit bis zum ersten Strahl der Morgendämmerung.«

»Meine Dame, ich habe drei Jahre die goldenen Dragoner befehligt und habe alle Feinde meines Herrn besiegt. Wartet hier auf mich. Ich werde nur noch mein großes geflügeltes Pferd zum Tränken führen, dann werde ich kommen und den Herrn der Nacht zwingen, Euer Eheversprechen zurückzugeben.«

Der goldene Dragoner fasste das große geflügelte Pferd beim Zügel und führte es an den Bach, um es zu tränken. Und als er zurückkam, war der Platz am Wegesrand leer.

»Gnädiger Gott, der Herr der Nacht hat mir die weiße Dame entführt!«

Da hob das große geflügelte Pferd an zu sprechen: »Mein goldener Dragoner, liebst du mich?«

»Ja, ich liebe dich, mein großes geflügeltes Pferd, gar oft hast du mir im Kampfe Dienste geleistet.«

»Dann lege dich am Fuße der alten Eiche zum Schlaf nieder. Und wenn die Zeit reif ist, wecke ich dich.«

Der goldene Dragoner legte sich am Fuße der alten Eiche nieder und schlief. Aber oben im Wipfel der Eiche feierten die Eulen und Käuzchen ihren Sabbat.

»Uh, uh, krrch, krrch. Der Herr der Nacht hat seine Braut wieder eingefangen. Er hält sie gefangen mitten im Zypressenwald im Häuschen am Wolfsbrunnen.«

Doch das große geflügelte Pferd verstand die Sprache dieser Tiere. Es rüttelte seinen Herrn.

»Aufgewacht, goldener Dragoner! Ich weiß, wo der Herr der Nacht und die weiße Dame sind.«

Sie ritten wie der Blitz durch die Wolken davon und waren im Augenblick mitten im Zypressenwald beim Häuschen am Wolfsbrunnen. Der goldene Dragoner pochte an die Tür und als ihm niemand öffnete, trat er mit einem Fußtritt die Tür ein.

»Herr der Nacht, gib mir die weiße Dame heraus!«

»Goldener Dragoner, du sollst sie nicht bekommen. Lass uns kämpfen!«

Und sie zogen ihre Degen und kämpften und dem goldenen Dragoner gelang es, den Herrn der Nacht zu besiegen.

Da sprach dieser: »Goldener Dragoner, du bist stärker als ich, jedoch du kannst mich nicht töten, denn es steht geschrieben, dass ich bis zum Ende aller Tage leben werde, aber dann nicht mehr auferstehe. Nimm die weiße Dame hinter dich auf dein Pferd, aber sprich nur ein Wort, wende dich einmal um und ich entführe sie dir wieder.«

Der goldene Dragoner nahm die weiße Dame hinter sich aufs Pferd. Aber hinter dem armen Mädchen war der Herr der Nacht aufgestiegen und quälte sie fürchterlich.

»Goldener Dragoner, hilf mir, hilf mir!«

»Nur Mut, meine Dame!«, sprach der goldene Dragoner und wandte sich um. Da war der Platz hinter ihm leer.

»Gnädiger Gott, der Herr der Nacht hat mir die weiße Dame wieder entführt!«

Da hob das große geflügelte Pferd an zu sprechen: »Mein goldener Dragoner, du hast mir gesagt, dass du mich liebst. Versprichst du mir nun, dass du mich nie verkaufen wirst, weder für Silber noch für Gold?«

»Das verspreche ich, mein großes geflügeltes Pferd.«

»Dann lege dich am Fuße der alten Eiche zum Schlaf nieder. Und wenn die Zeit reif ist, wecke ich dich.«

Der goldene Dragoner legte sich am Fuße der alten Eiche nieder und schlief. Aber oben im Wipfel der Eiche feierten die Eulen und Käuzchen ihren Sabbat.

»Uh, uh, krrch, krrch. Der Herr der Nacht hat seine Braut wieder eingefangen. Er hält sie gefangen mitten im Meer in einem Turm aus Stahl und Eisen.«

Doch das große geflügelte Pferd verstand die Sprache dieser Tiere. Es rüttelte seinen Herrn: »Aufgewacht, goldener Dragoner. Ich weiß, wo der Herr der Nacht und die weiße Dame sind.«

Sie ritten wie der Blitz durch die Wolken davon und waren drei Stunden vor Mitternacht mitten im Meer bei dem Turm aus Stahl und Eisen. Der goldene Dragoner pochte an die Tür und als ihm niemand öffnete, stieß er mit zwei Fußtritten die Tür ein.

»Herr der Nacht, gib mir die weiße Dame heraus!«

»Goldener Dragoner, du sollst sie nicht bekommen. Lass uns kämpfen!«

Und sie zogen ihre Degen und begannen zu kämpfen. Und dem goldenen Dragoner gelang es, nach langem Kampf den Herrn der Nacht zu besiegen.

Da sprach dieser: »Goldener Dragoner, du bist stärker als ich, jedoch du kannst mich nicht töten, denn es steht geschrieben, dass ich bis zum Ende aller Tage leben werde, aber dann nicht mehr auferstehe. Nimm die weiße Dame hinter dich auf dein Pferd, aber sprich nur ein Wort, wende dich nur einmal um und ich entführe sie dir wieder.«

Der goldene Dragoner nahm die weiße Dame hinter sich aufs Pferd. Aber hinter dem armen Mädchen war der Herr der Nacht aufgestiegen und quälte sie fürchterlich, jedoch sie schrie nicht. Da zog der Herr der Nacht seinen Degen und wollte von hinten auf den goldenen Dragoner eindringen.

»Goldener Dragoner, verteidige dich, verteidige dich!«

»Nur Mut, meine Dame«, sprach der goldene Dragoner und wandte sich um. Da war der Platz hinter ihm leer.

»Gnädiger Gott, der Herr der Nacht hat mir die weiße Dame wieder entführt!«

Da hob das große geflügelte Pferd an zu sprechen: »Mein goldener Dragoner, du hast mir gesagt, dass du mich liebst. Du hast mir versprochen, dass du mich nie verkaufen wirst, weder für Silber noch für Gold. Versprich mir nun, dass du mich nie für ein anderes Tier eintauschen wirst, solange ich lebe.«

»Das verspreche ich, mein großes geflügeltes Pferd.«

»Dann lege dich zum Schlaf am Fuße der alten Eiche nieder und wenn die Zeit reif ist, wecke ich dich.«

Der goldene Dragoner legte sich am Fuße der alten Eiche nieder und schlief. Aber oben im Wipfel der Eiche feierten die Eulen und Käuzchen ihren Sabbat.

»Uh, uh, krrch, krrch. Der Herr der Nacht hat seine Braut wieder eingefangen. Er hält sie gefangen im mittleren Gürtel des Orion, in einem Stern aus Gold und Silber.«

Doch das große geflügelte Pferd verstand die Sprache dieser Tiere. Es rüttelte seinen Herrn: »Aufgewacht, goldener Dragoner, wir haben einen weiten Ritt vor uns. Ich weiß, wo der Herr der Nacht und die weiße Dame sind.«

Sie ritten zuerst vor die Tore der Stadt Bordeaux. Dort hob das große geflügelte Pferd noch einmal an zu sprechen: »Mein goldener Dragoner, du hast mir gesagt, dass du mich liebst. Du hast mir versprochen, dass du mich nie verkaufen wirst, weder für Silber noch für Gold. Du hast mir versprochen, dass du mich nie für ein anderes Tier eintauschen wirst, solange ich lebe. Versprich mir nun noch, dass, solange ich lebe, es mir weder an Kleie noch an Hafer mangeln möge, und gehorche mir noch einmal.«

»Das verspreche ich, mein großes geflügeltes Pferd.«

»Dann gehe zu einem Goldschmied und hole eine goldene Nadel, geh zu einem Schuster und hole ein Pfund Pech. Mir aber lass alles Heu bringen, das ich fressen kann.«

Im Laufschritt kam der goldene Dragoner zurück.

»Es ist alles nach deinen Worten getan, mein großes geflügeltes Pferd.«

Und sie ritten wie der Blitz durch die Wolken davon und Schlag Mitternacht waren sie im mittleren Gürtel des Orion, bei dem Stern aus Gold und Silber. Der goldene Dragoner pochte an die Tür und als ihm niemand öffnete, stieß er mit drei Fußtritten die Tür ein.

»Herr der Nacht, gib mir die weiße Dame heraus!«

»Goldener Dragoner, du sollst sie nicht bekommen. Lass uns kämpfen!«

Und sie zogen ihre Degen und begannen zu kämpfen. Und dem goldenen Dragoner gelang es, nach langem, langem Kampf den Herrn der Nacht zu besiegen und zu Boden zu werfen.

Da sprach dieser: »Goldener Dragoner, du bist stärker als ich, du hast mich dreimal besiegt, jedoch du kannst mich nicht töten, denn es steht geschrieben, dass ich bis zum Ende aller Tage leben werde, aber dann nicht mehr auferstehe. Und nun höre mich an. Nimm die weiße Dame hinter dich auf dein Pferd, aber sprich nur ein Wort, wende dich nur einmal um und ich entführe sie wieder und du wirst sie nie, niemals mehr wiedersehen.«

Da sagte das große geflügelte Pferd: »Weiße Dame, nimm ein Haar aus meinem Rossschweif, fädle es in die goldene Nadel und nähe damit dem goldenen Dragoner den Mund zu!«

»Schon geschehen, großes geflügeltes Pferd.«

»Nimm das Pfund Pech und verstopfe damit dem goldenen Dragoner die Ohren!«

»Schon geschehen, großes geflügeltes Pferd.«

»Nun, Herr der Nacht, magst du kommen!«

Sie ritten wie der Blitz durch die Wolken davon. Aber hinter dem armen Mädchen war der Herr der Nacht aufgestiegen und quälte sie fürchterlich, jedoch sie schrie nicht. Da zog der Herr der Nacht seinen Degen und wollte von hinten auf den goldenen Dragoner eindringen, jedoch sie schrie nicht. Da merkte der Herr der Nacht, dass er hier seine Macht und seine Zeit verloren hatte, und er rief alle Geister der Hölle zu seiner Hilfe herbei.

»Goldener Dragoner, rette uns, rette uns!«

Jedoch der Dragoner hörte nichts. Ohne ein Wort zu sprechen, kämpfte er bis zur Morgendämmerung gegen den Herrn der Nacht und alle Geister der Hölle und siehe, beim ersten Strahl der Sonne war der ganze Spuk verflogen, als hätte es ihn nie gegeben.

Sie befanden sich gerade über dem Schloss des Grafen. Da senkte der goldene Dragoner das große geflügelte Pferd zur Erde und hob die weiße Dame vom Pferd. Und die weiße Dame trennte dem goldenen Dragoner das Rosshaar von den Lippen und das Pech aus den Ohren. Der goldene Dragoner nahm die weiße Dame bei der Hand, führte sie vor seine Eltern und noch am selben Tage wurde die Hochzeit gefeiert und sie lebten lange glücklich und zufrieden.

Doch nie vergaß der goldene Dragoner, was er dem großen geflügelten Pferd versprochen. Er verkaufte es nicht, weder für Silber noch für Gold. Er tauschte es nie gegen ein anderes Tier ein und dem großen geflügelten Pferd mangelte es, solange es lebte, weder an Kleie noch an Hafer.

[Märchen aus der Provence]

Der Jüngste und das kleine Zauberpferd

Es war einmal ein armer Mann, der hatte zwölf Söhne und weil er sie zu Hause nicht alle ernähren konnte, schickte er sie in die große weite Welt hinaus, sie sollten sich selbst ihr Brot verdienen und das Glück versuchen. Zwölf Tage und Nächte gingen die Brüder über Berg und Tal, bis sie zuletzt ein reicher König zu Reitknechten annahm und jedem dreihundert Gulden Jahreslohn versprach.

Nun war unter den Pferden des Königs ein sehr mageres hässliches kleines Pferd, das plagten und quälten die elf älteren Brüder fortwährend, weil es so hässlich war, aber der Jüngste sorgte besser dafür als jene; er suchte alle Brotrinden und Überbleibsel zusammen für das kränkliche Pferdchen, deswegen verspotteten ihn denn auch seine Brüder oft, ja zuletzt verachteten sie ihn ganz, als wäre er närrisch. Aber er ließ sich den Spott ganz ruhig gefallen und die Verhöhnung, ebenso ruhig wie das Pferdchen die Quälereien.

Als nun das Jahr zu Ende kam, erhielten die Jünglinge alle ihren Lohn und zur Belohnung wurde jedem freigestellt, sich von den Pferden des Königs eins auszusuchen. Die elf älteren Brüder suchten sich von den schönen Pferden die schönsten aus, aber der kleinste verlangte für sich nur das arme verkrüppelte Pferdchen. Seine Brüder versuchten es ihm auszureden, aber umsonst; er wollte kein anderes. Jetzt verriet dem Jüngling das kleine Pferd, dass es ein Zauberpferd wäre und dass es sich, wenn man es wünschte, in das schönste Streitross verwandeln und den Reiter so schnell wie der Blitz davontragen könnte.

Nun machten sich die zwölf Brüder auf den Heimweg; stolz sprengten und galoppierten die prächtigen Rosse mit den elf Älteren dahin, während der Jüngste sein eigenes Pferd hinter sich am Halfterband nachschleppte. Als sie nun an eine Pfütze kamen, blieb das schlechte Pferdchen darin stecken und die andern Brüder, welche schon voraus waren, kehrten voll Ärger wieder um, ihrem kleinen Bruder aus dem Sumpf heraus zu helfen. Nach einer Weile sank der Jüngste wieder in einen Sumpf und wieder zogen ihn die andern fluchend heraus. Aber das dritte Mal, als er einsank, hörten sie nicht mehr auf sein Rufen.

»Lass sie gehen«, sagte das Zauberpferd und fragte ihn: »Sind sie schon weit?«

»Ja«, antwortete der Jüngling.

Eine Weile darauf fragte das Zauberpferd wieder: »Kann man sie noch sehen?«

»Wie schwarze Punkte fliegen sie ganz in der Ferne«, antwortete sein Herr. »Kann man sie jetzt noch sehen?«, fragte das Pferd, nachdem wieder einige Zeit vergangen war.

»Nein«, war da die Antwort.

Jetzt sprang das Zauberpferd aus der Lache heraus, setzte schnell wie der Blitz den Jüngling auf seinen Rücken und flog dahin, so dass es die andern weit hinter sich ließ. Zu Hause angekommen, verwandelte sich das Zauberpferd wieder in die hässliche Mähre, die es vorher gewesen war, und ging auf den Misthaufen, um zu weiden. Der Jüngling aber streckte sich unbemerkt hinter den Ofen.

Als die andern angelangt waren, zeigten sie ihrem Vater ihr Geld und ihre Pferde und auf die Fragen nach dem kleinsten antworteten sie, der hätte den Verstand verloren, hätte sich ein schlechtes krüppeliges Pferd zur Belohnung ausgesucht, gerade so eins wie das, welches dort auf dem Misthaufen weidet, und wäre nun mit dem Pferde in einer Lache unterwegs stecken geblieben und dort wohl auch gestorben.

»Das ist nicht wahr«, sagte da der Jüngste vom Ofen her und kam herunter zum Erstaunen aller.

Nachdem sich die Jünglinge nun ein paar Tage bei ihrem Vater aufgehalten, machten sie sich wieder auf den Weg und zogen aus, sich eine Frau zu suchen. So reisten sie schon durch sieben Länder und sieben Dörfer, aber nirgends fanden sie zwölf Mädchen, die ihnen gefallen hätten. Zuletzt, als der Tag schon zur Dämmerung neigte, sahen sie eine Hexe, welche mit zwölf Stuten pflügte. Diese fragte sie, was sie suchten, und als sie den Zweck ihrer Reise vernommen hatte, erbot sie sich, ihnen zwölf Mädchen zu zeigen. Die Jünglinge gingen darauf ein und die Hexe führte die Jünglinge in ihr Haus, nachdem sie die zwölf Stuten heimgetrieben hatte. Dort zeigte sie ihnen dann die Mädchen, welche sie aus den Stuten, die sie eben gesehen hatten, zu Mädchen entzaubert hatte. Am Abend legte sie zu jedem Mädchen einen Jüngling, die Älteste zum Ältesten und so der Reihe nach. Dem Jüngsten gab sie das jüngste und anmutigste, goldhaarige Mädchen.

Diese entdeckte nun dem Jüngling, dass ihre Mutter die elf älteren Brüder ermorden wollte. Um sie nun zu retten, stand der Jüngste, sobald als alle fest schliefen, vom Bett auf und legte alle seine Brüder an die Wand. An ihrer Stelle aber legte er die Mädchen an den Rand des Bettes, dann legte er sich selbst wieder an seine frühere Stelle.

Kurze Zeit danach kam die Hexe und hieb mit einem großen Schwerte den elf am Rand Liegenden den Kopf ab, dann ging sie wieder schlafen. Jetzt stand der Jüngling auf, weckte seine Brüder und erzählte ihnen, wie er sie gerettet hätte, und forderte sie zur Abreise auf. Sie eilten weg, ihr jüngster Bruder aber blieb bis zum Tagesanbruch.

Sobald der Morgen graute und er merkte, dass die Hexe sich näherte und die Betten untersuchen wollte, erhob er sich und setzte sich mit seinem goldhaarigen Mädchen auf sein Zauberpferd. Wie die alte Hexe den Betrug bemerkte, griff sie nach ihrer Ofengabel, verwandelte diese in ein Pferd und jagte hinter ihnen drein. Als sie sie schon beinahe erreichte, gab das kleine

Zauberpferd dem Jüngling einen Striegel, eine Bürste und einen Frieslappen. Davon sollte er zuerst den Striegel hinter sich werfen, wenn das nicht mehr helfe, die Bürste und in letzter Not auch den Frieslappen. Da warf er den Striegel hinter sich und sogleich entstand ein solch finsterer Wald zwischen ihnen wie die Zähne des Striegels. Während die Hexe sich mitten durch diesen durchgearbeitet hatte, war das verfolgte Paar schon weit voraus. Als sie nun das zweite Mal an sie herankam, warf der Jüngling die Bürste hin und aus deren Borsten wuchs ein ebenso finsterer Wald zwischen ihnen in die Höhe. Mit großer Mühe zwängte sich die Hexe auch durch diesen durch. Jetzt drohte ihre Nähe aufs Neue. Da warf der Jüngling den Frieslappen von sich und ein so dichter Wald entstand zwischen ihnen und der Hexe, dass es aussah, als wäre das Ganze nur ein Baum. Da aber verwandelte sich die Hexe, weil sie hier nicht durchzudringen im Stande war, in eine Taube, um darüber hinwegzufliegen. Aber kaum bemerkte dies das Zauberpferd, als es plötzlich in Gestalt eines Geiers auf die Taube losstürzte und sie mit seinen Fängen zerriss. So rettete das kleine Zauberpferd den Jüngling und das schöne goldhaarige Mädchen vor der Wut der abscheulichen Hexe.

Während nun die elf älteren Brüder von neuem gingen, um sich Frauen zu suchen, nahm der Jüngste sein schönes goldhaariges Mädchen zur Frau und lebte heiter und ohne Sorgen mit ihr, bis an ihr seliges Ende.

[Märchen aus Ungarn]

Das Pferd Gullfaxi

Es war einmal ein König, der hatte einen einzigen Sohn. Dieser hieß Sigurdur. Als des Königs Gattin starb, trauerte er lange um sie. Dann aber heiratete er zum zweiten Male. Sigurdur gewann seine Stiefmutter so lieb, dass er immer um sie war.

Eines Tages aber bestand sie darauf, dass er seinen Vater zur Jagd begleite. Sigurdur aber sprach: »Liebe Mutter Ingibjörg, ich will nicht zur Jagd, bitte lass mich bei dir bleiben.«

Als Königin Ingibjörg sah, dass Sigurdur durchaus nicht zur Jagd wollte, verbarg sie ihn unter dem Bette und sprach: »Was du nun auch siehst, verhalte dich ruhig und gib keinen Laut von dir.«

Bald darauf hörte Sigurdur ein gewaltiges Dröhnen und Donnern und er sah eine Riesin bis zu den Knöcheln aus dem Boden aufsteigen. Sie begrüßte die Königin als Schwester und fragte, ob Sigurdur zu Hause sei.

»Nein«, sprach Königin Ingibjörg, »er ist mit dem Vater zur Jagd geritten.« Darauf setzte sie der Riesin allerhand Leckerbissen vor, an denen diese sich labte. Vor dem Weggang fragte die Riesin noch einmal nach Sigurdur. Und wieder sprach die Königin: »Er ist mit dem Vater zur Jagd geritten.«

Da verschwand die Riesin auf gleiche Weise, wie sie gekommen war.

Am folgenden Tag blieb Sigurdur trotz Ingibjörgs Bitten wieder zu Hause. Wieder versteckte sie ihn unter ihrem Bett und bat ihn, keinen Laut von sich zu geben. Da ertönte wieder ein Dröhnen und Donnern und er sah eine Riesin, noch schrecklicher als die erste, bis zu den Waden aus dem Boden aufsteigen. Auch sie begrüßte die Königin als Schwester und fragte, ob Sigurdur zu Hause sei. »Nein«, sprach Königin Ingibjörg, »er ist mit dem Vater zur Jagd geritten.« Wieder setzte die Königin der Riesin allerhand Leckerbissen vor und dann verschwand auch diese auf gleiche Weise, wie sie gekommen war.

Am dritten Tag bat Königin Ingibjörg Sigurdur inständig, doch mit dem Vater zur Jagd zu reiten. Doch Sigurdur sprach: »Was auch kommt, Mutter Ingibjörg, ich will in deiner Nähe bleiben.«

Da versteckte sie ihn auch diesmal und bat ihn, ja keinen Laut von sich zu geben. Die dritte Riesin, die nun kam, war die schrecklichste von allen. Sie kam bis zu den Knien aus dem Boden heraus. Auch sie begrüßte die Königin als Schwester und schrie mit gewaltiger Stimme, ob Sigurdur zu Hause sei.

»Nein«, sprach Königin Ingibjörg, »er ist mit dem Vater zur Jagd geritten.«

Und dann setzte sie der Riesin die besten Leckerbissen vor. Die Riesin labte sich daran und tat, als ob sie ihrer Schwester Glauben schenken würde. Als sie sich aber anschickte, in die Erde zu versinken, rief sie mit schrecklicher Stimme: »Königssohn Sigurdur, wenn du doch in der Nähe bist, dann lege ich auf dich den Fluch: Du sollst halb verbrannt und halb verdorrt sein! Und nicht eher sollst du Rast und Ruhe finden, bis du mich aufgesucht hast!«

Nun kam Königssohn Sigurdur halb verbrannt und halb verdorrt aus seinem Versteck hervor. Da gab ihm seine Stiefmutter drei Goldringe und ein Knäuel Garn und sprach: »Folge immer dem Knäuel und es wird dich zu meiner ersten Schwester führen. Sowie sie dich sehen wird, wird sie sagen: ›Dies ist der Königssohn Sigurdur, der soll heute Abend in den Topf.‹ Darauf wird sie dich in einem Bootshaken zu sich auf den Felsen hochziehen. Doch brauchst du dich nicht zu fürchten. Grüße sie von mir und gib ihr einen der Goldringe und sie wird freundlich zu dir werden. Sie wird dich dann zu einem Ringkampf auffordern und sie wird dir dabei so lange aus einer Flasche zu trinken geben, bis du sie überwunden hast. Mit meiner zweiten Schwester wird es dir genauso ergehen und die dritte wird dann den Fluch von dir nehmen.«

Nachdem Königin Ingibjörg ihrem Stiefsohn diese Weisungen gegeben hatte, sprach sie noch: »Wenn aber meine Hündin zu dir kommen sollte mit Tränen in den Augen, dann beeile dich heimzukehren, denn dann ist mein Leben in Gefahr.«

Da machte sich Königssohn Sigurdur auf den Weg. Er ging über Länder und Meere. Und es traf alles nach der Stiefmutter Voraussagungen ein. Bei der dritten Schwester aber, nachdem diese den Fluch von ihm genommen hatte, nahm sie den dritten Goldring nicht an, sondern sprach: »Gehe weiter und du wirst zu einem See kommen, wo du ein Mädchen finden wirst. Mit diesem Mädchen sollst du dich anfreunden und ihr den Goldring schenken.«

Sigurdur folgte dem Rat und er fand das Mädchen, das sich Helga nannte, an dem See. Sie erzählte ihm, dass sie bei ihren Eltern, die mächtige Riesen seien, wohne. Auf Sigurdurs dringende Bitte nahm sie ihn am Abend mit nach Hause. Damit ihr Vater ihn nicht finde, verwandelte sie ihn in ein Wollbüschel, das sie aufs Bett warf. Als der Vater nach Hause kam, witterte er gleich einen Menschen. Da er ihn aber nirgends fand, musste er sich zufrieden geben. Am folgenden Tag geschah das gleiche. Am dritten Tage war der Vater weit, weit fortgegangen. Da zeigte Helga ihrem Gefährten alle Schätze der Behausung, denn der Vater hatte ihr alle Schlüssel anvertraut. Nur die letzte Türe öffnete sie ihm nicht. Auf Sigurdurs flehentliche Bitte öffnete ihm Helga doch die verbotene Tür. Da sah er darin ein prächtig gesatteltes Pferd stehen. Über diesem hing ein Schwert, auf dessen Griff folgende Worte eingeritzt waren: »Wer auf diesem Pferde sitzt und sich mit diesem Schwert umgürtet, wird sein Glück machen.«

Helga erzählte nun Sigurdur, dass das Pferd Gullfaxi heiße und das Schwert Gunnfjödur. Wer auf dem Pferde sitze, bekäme einen Zweig, einen Stein und einen Stock. Wenn man dann verfolgt würde, brauche man nur den Zweig hinter sich zu werfen, so verwandelt sich dieser sogleich in einen dichten Wald. Wenn man trotzdem des Verfolgers nicht ledig sei, so müsse man mit dem Stock auf den Stein schlagen, dann entstünde ein solches Hagelwetter, dass jeder Feind darin umkomme. Da umgürtete sich Sigurdur mit dem Schwert Gunnfjödur, bestieg das Pferd Gullfaxi und ritt um das Haus. Da sah er Helgas Vater herankommen. Er sprengte, so schnell er konnte, in entgegengesetzter Richtung von dannen, Helga brach in Tränen aus. Als der Riese seine Tochter weinend fand und die Ursache ihrer Trauer erfuhr, eilte er dem Räuber nach. Kaum sah Sigurdur ihn herannahen, warf Sigurdur den Zweig hinter sich und es entstand ein dichter Wald. Da musste der Riese schnell nach Hause laufen und eine Axt holen, um sich einen Weg zu bahnen. Schon war er ganz nahe, da schlug Sigurdur mit dem Stock auf den Stein. Da brach ein solches Hagelwetter los, dass der Riese ums Leben kam.

Lange ritt nun Sigurdur des Weges. Da kam ihm plötzlich die Hündin seiner Stiefmutter mit Tränen in den Augen entgegen. Er sprengte nun, so schnell es ging, heimwärts und kam gerade noch zur rechten Zeit, um Ingibjörg zu erlösen, die auf einem Scheiterhaufen von neun Knechten verbrannt werden sollte. Da nahm Sigurdur sein Schwert Gunnfjödur in die Hand und erschlug sie alle mit einem Streich. Dann führte er seine Stiefmutter zu seinem Vater und erzählte ihm alles. Daraufhin ritt Sigurdur noch einmal in das Reich der Riesen, holte sich Helga als seine Braut in sein Königreich. Die Hochzeit wurde gefeiert und sie lebten alle zusammen in Glück und in Frieden.

[Märchen aus Island]

Das hölzerne Pferd

Es war einmal ein König, der hielt alle Jahre seinen Namenstag und da kamen allerlei Leute, die ihre Kunststücke zeigten, und wer das beste machte, dem gab der König viel Geld.

Einmal kam einer mit einem hölzernen Gaul und sagte zum König, er solle ihm nur befehlen, wo er hinreiten solle, er würde dann in einer Stunde wieder da sein. Da lachten ihn die andern Leute aus wegen seines hölzernen Gauls; der König wollte doch einmal sehen, wie weit der mit seinem Ross käme. Da befahl er ihm, in einer Stadt, die zwölf Stunden weit weg war, dort sollte er etwas holen. Der junge Bursch setzte sich auf seinen Gaul und im Augenblick war er hoch in allen Lüften und die Leute standen unten und guckten ihm nach voller Verwunderung. Die Stunde war noch nicht herum, da kam er wieder hoch herab und brachte dem König, was er verlangt hatte aus der weiten Stadt. Der König sagte: »Du hast das größte Kunststück gemacht und sollst dafür belohnt werden, komm mit mir in das Schloss!«

Der Junge ging mit ihm. – Unterdes aber kam den Königssohn die Lust an, auch auf das Ross aufzusitzen, das im Schlosshof stehen geblieben war; das Pferd aber regte sich nicht. Der Königssohn ärgerte sich und probierte allerlei an dem Pferd, damit er reiten könnte. Endlich sah er eine kleine Schraube am Gaul und drehte sie herum und im Augenblick war er hoch in allen Lüften und wusste sich nicht zu helfen. Alle Leute, der alte König und der junge Bursch schrien und jammerten um den Königssohn, das half aber nichts. Der probierte allerlei mit der Schraube und endlich fand er den rechten Griff und der Gaul kam mit ihm herab in einem ganz fremden Land auf einen Turm.

Weil der Königssohn von dem Ritt hungrig war, so wollte er sehen, ob er im Turm nichts zu essen fände. Da ging er eine Stiege hinab und kam in eine Stube, wo eine überaus schöne Jungfrau saß, die nicht wenig erschrak, als sie den fremden Menschen erblickte. Er aber sprach: »Fürchte dich nicht, liebe Jungfrau, gib mir nur etwas zu essen! Ich bin ein Mensch wie du.«

Da gab sie ihm zu essen und er erzählte ihr, wie er hergekommen sei. Sie bat ihn wiederzukommen, und so kam er die zweite Nacht und in der dritten saß sie mit ihm auf dem Gaul und sie flogen beide fort durch die Luft. So flogen sie lang, bis sie auf eine grüne Wiese herabkamen an einem Wald. Der Königssohn schlief vor Müdigkeit ein, die Jungfrau aber wachte und der hölzerne Gaul stand ruhig daneben. Da kamen zwölf Räuber aus dem Wald, nahmen die Jungfrau und den Gaul und sie durfte nicht schreien, sonst wäre sie umgebracht worden. Wie der Königssohn aufwachte, war er ganz allein und weinte und jammerte gar sehr um die Jungfrau und seinen Gaul; denn er meinte, sie wäre auch auf das Ross aufgesessen und davongeflogen. Da ging er fort, sie zu suchen, aber im Wald wurde er von anderen Räubern gefangen und in einer landfremden Stadt als Knecht untergebracht. Da hörte er, wie eine wunderschöne Jungfrau mit einem hölzernen Gaul von den Räubern geraubt und in die Stadt gebracht worden sei. Da merkte der Königssohn aus allem, dass es seine Jungfrau und sein Gaul sei, und gedachte, sie zu erlösen. Sie aber war in einem großen Schlosse eingesperrt und der Gaul stand im Hof. Da ging er zu den Räubern in das Schloss und wurde ihr Knecht, er brachte es aber durch seine guten Dienste so weit, dass er Kammerdiener wurde bei der Jungfrau. Als er zu ihr kam, erkannte er sie wohl, sie ihn aber nicht. Zuletzt aber entdeckte er sich und sie gedachten, auf dem Gaul wieder von den Räubern wegzukommen. Die Räuber aber fragten gar oft die Jungfrau, was sie mit dem Gaul anfangen sollten, sie aber schwieg immer still. Da sagte der Kammerdiener, er wolle ihnen zeigen, wie man auf dem Gaul reiten könne, aber die Jungfrau müsse mit darauf sitzen. Da waren die Räuber zufrieden, er durfte aber nicht aus dem Hof hinaus reiten. Das versprach er, aber kaum saßen er und die Jungfrau darauf, so flog der Gaul gerade in die Höhe über alle Häuser und Berge und fort war er und die Räuber guckten ihm nach. Der Königssohn mit der Jungfrau kam heim zu seinem Vater und heiratete die Jungfrau und nach dem Tode seines Vaters bekam er das ganze Königreich.

[Märchen aus Baden-Württemberg]

Das Wunderpferd

Die Geschichte eines sehr reichen Mannes, eines Mannes, der viele Güter hatte

In der ganzen Stadt gab es niemand, der so viel Geld hatte wie er. Er hatte aber kein Kind. Da ging er zu einem Malam – einem mohammedanischen Priester und Schreibkundigen – und sagte zu ihm: »Ich möchte gerne, dass du mir eine Gunst erweist und mir behilflich bist.«

Der Malam fragte ihn: »Was für eine Hilfe begehrst du?«

Der reiche Mann sagte zu dem Malam: »Sieh, ich habe viel Geld, aber ich habe kein Kind; mein Geld ist aber wertlos, solange ich kein Kind habe.«

Da sagte der Malam zu ihm: »Gott wird uns helfen. Geh, hole zwei Ellen billigen weißen Stoffes.«

Der reiche Mann ging, holte den Stoff und brachte ihn dem Malam. Daraufhin sagte der Malam zu ihm: »Geh nun und kaufe eine alte Stute. Wenn du die Stute gekauft hast, dann nimm dir eine Frau.«

Der Mann ging, er kaufte die alte Stute und heiratete dann. Darauf kehrte er zurück zu dem Malam und sagte zu ihm: »Ich habe geheiratet und habe auch eine Stute gekauft.«

Da sagte der Malam zu ihm: »Geh, lass die Stute decken und dann schlafe in dem Haus deiner Frau.«

Der reiche Mann kehrte darauf nach Haus zurück. Er ließ seine Stute decken und schlief in dem Haus seiner Frau. Sie lebten so zusammen, bis seine Frau in andere Umstände kam, auch die Stute wurde trächtig.

Als die Frau ein Kind gebar, warf auch die Stute ein Junges und zwar an demselben Tag. Da kehrte der reiche Mann zurück zu dem Malam und bedankte sich bei ihm. Der Malam fragte den reichen Mann: »Was hat deine Frau geboren?«

Der reiche Mann antwortete: »Meine Frau hat mir einen Knaben geboren, meine Stute hat mir ein männliches Junges geworfen.«

Da sagte der Malam zu dem reichen Mann: »Gib das Füllen, wenn es groß geworden ist, deinem Sohn, damit er es ständig reitet. Was auch immer deinem Sohn dann zustoßen mag, es wird ihm nichts schaden, solange er das Pferd reitet.«

Da sagte der reiche Mann, es sei gut, und ging heim.

Der reiche Mann war ein Freund des Königs der Stadt. Als der Sohn des reichen Mannes erwachsen war, schloss er Freundschaft mit dem Sohn des Königs. Sie stiegen zu Pferd und ritten zusammen Galopp. Das Pferd des Sohnes des reichen Mannes überholte das Pferd des Königssohnes. Da kehrte der Sohn des Königs nach Hause zurück und weinte.

Der König fragte ihn: »Warum weinst du?«

Der Königssohn antwortete und sagte zu seinem Vater: »Das Pferd meines Freundes überholte das meine.«

Da sagte der König zu seinem Sohn: »Komm morgen, wenn ihr Galopp reitet, zu mir und wähle dir unter meinen Pferden den besten Renner aus. Reite ihn.«

Der Königssohn sagte: »Es ist gut.«

Frühmorgens ritt der Sohn des reichen Mannes wieder sein Pferd. Der Königssohn aber wählte sich ein Pferd aus und ritt es. Sie begaben sich zum Rennplatz und liefen Galopp. Der Sohn des reichen Mannes überholte den Königssohn. Da kehrte letzterer nach Hause zurück und weinte.

Sein Vater fragte ihn: »Warum weinst du?«

Der Königssohn aber sagte zu seinem Vater: »Das Pferd meines Freundes hat wieder mein Pferd überholt.«

Da sagte der König: »Diese Sache bedrückt mich.«

Er versammelte seine Leute und fragte sie: »Was fangen wir mit dem Pferd des Sohnes meines Freundes an?«

Die Hofleute aber fragten den König: »Wer ist der Sohn deines Freundes?«

Der König sagte zu ihnen: »Es ist der Sohn des reichen Mannes.«

Da sagte der Malam zu dem König: »Ich weiß, was wir ihm und dem Pferd antun müssen, dass sie verlieren.«

Der König fragte daraufhin den Malam: »Was gedenkst du zu tun?«

Da sagte der Malam zu dem König: »Man muss ihm ein Amulett – ein Zaubermittel, einen Zauberspruch – machen.«

Da sagte der König zu ihm, er solle es herstellen. Der Malam schrieb nun einen Zauberspruch, nähte ihn in Leder ein und band ihn in die Mähne des Pferdes des Sohnes des reichen Mannes.

Eines Tages veranstaltete der Sohn des reichen Mannes wieder ein Wettrennen mit dem Königssohn.

Als sie galoppierten, überholte das Pferd des Sohnes des reichen Mannes den Königssohn und lief dann eilends weiter, bis sie die Stadt hinter sich ließen. Hier ermüdete das Pferd von dem Galoppieren und blieb im Busch stehen. Der Sohn des reichen Mannes stieg vom Pferd und fing an zu weinen. Sie blieben über Nacht im Busch. Bei Tagesanbruch bestieg des reichen Mannes Sohn wieder das Pferd und ritt im Busch herum, bis er Hunger und Durst bekam. Sie sahen nichts als Vögel.

Da sagte das Pferd zu dem Sohn des reichen Mannes: »Du musst von mir heruntersteigen.«

Des reichen Mannes Sohn folgte und stieg ab.

Da sagte das Pferd zu ihm: »Ziehe deine Tobe aus und deine Übertobe und dein Hemd und nimm deinen Turban ab.«

Der Sohn des reichen Mannes zog alles aus, band die Kleidungsstücke in ein Bündel und befestigte dieses auf dem Pferd.

Da sagte das Pferd zu ihm: »Was mich veranlasst hat, dass ich zu dir sagte, du sollst absteigen, ist nämlich das Amulett, das man dir machte und in meine Mähne band. Das ist der Grund.

Jetzt aber musst du im Busch herumziehen, bis du eine Stadt erreichst. Wenn wir aber beisammen bleiben, werden wir keine Stadt finden.«

Da sagte des reichen Mannes Sohn zu seinem Pferd: »So ist es auch.«

Als er gehen wollte, sagte sein Pferd zu ihm: »Jetzt will ich dir noch sagen, was du tun musst, damit du mich überall siehst, wo immer du auch dich befinden magst. Nimm sieben einzelne Schweifhaare von mir, hebe sie gut bei dir auf und überall wo du bist, wirst du mich sehen, wenn du mich sehen willst.«

Des reichen Mannes Sohn sagte zu dem Pferd: »Wahrhaftig?«

Als er wieder gehen wollte, da rief ihn das Pferd noch einmal und sagte zu ihm: »Weißt du auch, was du mit diesen Schweifhaaren machen sollst?«

Er sagte zu dem Pferd: »Ich weiß es nicht.«

Da sagte das Pferd zu ihm: »Wenn du mich sehen willst, nimm ein wenig von den Haaren, halte sie ins Feuer und ich werde alsdann kommen.«

Der Sohn des reichen Mannes sagte dann, es sei recht.

Er band seine ganze Habe auf den Rücken des Pferdes und verabschiedete sich von ihm. Er ließ das Pferd im Busch zurück und ging, um Essen zu suchen. So zog er im Busch herum, bis er eine große Stadt fand. Der Sohn des reichen Mannes ging in die Stadt, er ging in jedes Haus, grüßte und fragte nach einem Absteigequartier; aber es wurde ihm stets verweigert, bis er zu dem Haus einer alten Frau kam. Hier stieg er ab. Er ging, Brennholz zu suchen, um es zu verkaufen und von dem Erlös seinen Lebensunterhalt zu bestreiten. (Es gibt Gegenden im Haussa-Land, wo das Brennholz sehr rar und teuer ist.)

Eines Tages badete er in der Nähe des Königshauses, bevor er in den Busch ging, um Holz zu holen. Da sah ihn die Tochter des Königs und befahl ihren Sklaven, diesem Manne zu folgen bis zu dem Hause, wo er wohnte. Als er sich aufmachte, um nach Hause zu gehen, folgten ihm die Sklaven. Als er das bemerkte, sagte er zu ihnen: »Was seht ihr an mir, dass ihr mir nachfolgt?«

Die Sklaven aber verhielten sich still, bis sie sahen, in welches Haus er trat.

Sie kehrten zurück und sagten es der Tochter des Königs.

Als die Nacht hereinbrach, bereitete die Tochter des Königs Speise, gab sie den Sklaven mit dem Auftrag, sie diesem Fremden zu geben. Die Sklaven brachten die Speise in das Haus der alten Frau. Die alte Frau freute sich und dachte, sie sei es, der man diese Speise bringe; sie rief den Sohn des reichen Mannes herbei und gab ihm ein wenig davon.

Da sagte eines Tages die Tochter des Königs zu ihrem Vater, sie habe einen Mann gesehen, sie liebe ihn, er solle auch ihr Gemahl sein. Der König sagte zu seiner Tochter: »In dieser ganzen Stadt hast du niemand gefunden, den du liebst, als diesen Mittellosen, der gar nichts hat? Wie kann der dich mit Essen versorgen?«

Die Tochter des Königs aber sagte zu ihrem Vater: »Gott wird uns Essen geben.« Da sagte der König zu ihr: »Es ist nicht meine Sache, geh, damit man euch miteinander vermählt. Aber wer wird euch ein Haus geben?«

Da sagte sie zu dem König: »Seitdem du gesagt hast, es sei nicht deine Sache, ist es auch nicht deine Sache.«

Der Sohn des reichen Mannes wurde dann mit der Tochter des Königs verheiratet. Als es Nacht wurde, ging die Tochter des Königs in das Haus ihres Mannes. Sie ging ganz allein, es war niemand, der sie begleitete. Sie legten sich hin und schliefen. In der Nacht stand der Sohn des reichen Mannes auf, nahm ein wenig Haare von seinem Pferde, legte sie ins Feuer und legte sich dann wieder ruhig hin.

Da merkten sie auf einmal, dass sie sich in einem großen Haus befanden. Am Morgen fragte die Königstochter ihren Mann: »Was hat man gemacht? Ich sehe, dass unser Haus nicht mehr so ist, wie es früher war.«

Da gab ihr der Sohn des reichen Mannes zur Antwort: »Das ist die Allmacht Gottes.«

So lebten sie hier glücklich zusammen, bis sich eines Tages der König vorbereitete und in den Krieg zog. Da nahm der Sohn des reichen Mannes ein wenig von den Haaren seines Pferdes und steckte sie ins Feuer. Sogleich kam das Pferd. Er sattelte es, zog seine Kleider an, band sich den Turban um den Kopf, hing sein Schwert um und nahm seinen Speer in die Hand.

Der König war bereits zu Pferd gestiegen. Sie schlugen die Trommel. Der Sohn des reichen Mannes aber folgte dem Heere, bis sie auf das Schlachtfeld kamen. Sie kämpften. Der Sohn des reichen Mannes tötete viele Feinde. Er übertraf alle im Kampf. Da war nicht ein Krieger, der sich mit ihm an Tapferkeit vergleichen konnte. Schließlich wurde der König auf ihn aufmerksam und fragte seine Leute: »Woher kommt dieser Mann?«

Seine Leute gaben ihm zur Antwort: »Wir kennen ihn nicht. Vielleicht ist er von einer anderen Stadt gekommen.«

Nachdem der Krieg beendigt war, kehrten sie nach Haus zurück. Da sagte der König, man solle in der Stadt herumgehen und nachforschen, in welchem Haus der Fremde abgestiegen sei. Man ging in die Stadt und sah nach. Als sie an das Haus der alten Frau kamen, da fanden sie den Sohn des reichen Mannes. Er war dort abgestiegen und hatte seine Rüstung abgelegt.

Die Leute kehrten zurück zum König und meldeten ihm, sie hätten diesen Mann ausfindig gemacht, es sei der Fremde, der seine Tochter geheiratet habe. Da sagte der König zu ihnen: »Ihr lügt, wer hat diesem Mann ein Pferd gegeben, damit er in den Krieg ziehen kann?«

Da schickte der König einen Vertrauensmann in das Haus der alten Frau, um nochmals nachzusehen. Dieser kehrte zurück und berichtete dem König, dass er es wirklich sei. Hierauf ließ der König den Sohn des reichen Mannes zu sich rufen. Dieser kam zum

König. Der König dankte ihm und gab ihm Pferde, Vieh, Sklaven und ein Haus.

Zuletzt ließ der König auch seine Tochter rufen und sagte zu ihr: »Jedes von all den Häusern, das du dir wünschest, will ich dir geben wegen deines Gemahls.« Die Tochter aber gab dem König zur Antwort, sie wünsche nichts, weil der König früher gesagt habe, er liebe ihren Mann nicht. Als aber darauf die Leute auf sie einsprachen und sie trösteten, gab die Königstochter nach. Und so lebte der Sohn des reichen Mannes mit der Tochter des Königs zusammen.

Eines Tages ging in der Heimat des jungen Mannes der reiche Mann zu dem Malam. Er weinte und sagte zu dem Malam, er sehe seinen Sohn nicht wieder. Da sagte der Malam zu dem reichen Mann: »Wo immer auch dein Sohn ist, er wird zurückkehren, wenn er mit diesem Pferde zusammen ist.«

Die Tochter des Königs und der Sohn des reichen Mannes waren zufrieden und glücklich miteinander. Da sagte der Sohn des reichen Mannes zum König, er möchte in seine Vaterstadt zurückkehren. Der König sagte zu ihm, er solle gehen, sich vorbereiten, damit er in seine Heimat zurückkehren könne. Der König gab ihm Ochsen, Pferde, Ziegen und Kamele als Geschenk, damit er sie mit in seine Stadt nehme. Der Sohn des reichen Mannes lachte und sagte zu seiner Frau: »Ihr habt aber Güter! Wir werden in unsere Stadt gehen, da wirst du unser Heim sehen.«

Sie sagte zu ihm: »Gut. Gott helfe uns.«

Sie kehrten in seine Vaterstadt zurück. Der reiche Mann saß an seinem Haus. Da sah er seinen Sohn zurückkehren. Er freute sich so sehr, dass er sogleich ging und es dem Malam sagte. Der Malam aber sagte zu ihm: »Habe ich dir nicht gesagt, dass dein Sohn in dein Haus zurückkehren werde, wo immer er auch sei?«

Da sah die Frau des Sohnes des reichen Mannes den großen Reichtum in dem Haus ihres Mannes, viel mehr als ihr Vater hatte. Sie sah alles in Menge bei dem Vater ihres Gemahls. Der reiche Mann sagte zu ihr: »Was du wünschest, wird man dir geben.«

Sie verhielt sich still. Er gab ihr viele Ochsen, Kamele in Menge, bis sie müde wurde vom Zählen. Sie sagte zu ihm: »Dieser Reichtum ist zuviel. Was sollen wir mit ihm machen?«

Da fragte der reiche Mann seinen Sohn: »Willst du daheim bleiben oder zurückkehren in die Stadt, in der du geheiratet hast?«

Er antwortete seinem Vater, er wolle zurückkehren in die Stadt, wo er geheiratet habe. Alles, was er habe, wolle er in sein Heim bringen, weil man dort zu ihm gesagt habe, er habe nichts, er sei ein Mittelloser. Deshalb habe er auch seine Frau hierher in seine Vaterstadt geführt, damit sie ihr Heim hier sehe.

Da kehrten sie zurück in die Stadt seiner Frau. Der König sah sie und alles, was sie mitbrachten. Den Reichtum an Pferden, Ochsen, Sklaven und Kamelen. Sie trugen Lasten von Gold und Silber.

[Märchen aus Afrika]

Jugend ohne Alter und Leben ohne Tod

Es war einmal, denn wenn es nicht gewesen wäre, so hätte es auch niemand erzählt. Da lebten einmal ein Kaiser und eine Kaiserin. Sie waren beide jung und schön und nichts fehlte ihnen zum Glück als ein Kind. Darauf aber warteten sie Jahr um Jahr umsonst. Sie riefen Sterndeuter herbei, denn sie wollten wissen, was am Himmel über sie geschrieben stand. Aber die Sterndeuter konnten die funkelnde Schrift nicht entziffern. Da hörte der Kaiser von einem Bauern, der über gewaltige Zauberkraft verfüge, und er befahl, einen Boten zu ihm zu senden und ihn vor sein Angesicht zu führen. Aber der Bauer gab den Bescheid, wer etwas wolle von ihm, müsse sich zu ihm in seine Hütte bemühen.

Da machten Kaiser und Kaiserin sich auf und zogen mit ihrem ganzen Hofstaat hinaus zu seiner Hütte. Der Bauer sah sie kommen, ging ihnen entgegen und hieß sie willkommen. Dann sprach er: »Warum machst du den beschwerlichen Gang, o Kaiser? Der Wunsch, den du nährst, bringt dir keinen Frieden. Zwar den Zauber besitze ich, der euch ein Kind herbeizieht, und es wird ein gutes und schönes Kind sein, ein wahrer Prinz Allschön. Aber ihr werdet ihn nicht lang behalten.«

Gleichwohl wollten Kaiser und Kaiserin den Zauber empfangen und der Bauer gab ihn. Aber als die Stunde der Geburt herankam, begann das Kind im Mutterleib zu weinen, als hätte es großen Kummer. Kein Zuspruch konnte es beschwichtigen. Dem Kaiser zerschnitt es das Herz und er begann in seiner Angst, dem Kind alle Schätze der Welt zu versprechen.

»Schweig, Söhnchen, und ich gebe dir ein halbes Kaiserreich zum Geschenk. Schweig, Väterchens Liebling, und die schönste Kaisertochter der Welt wird dein.«

Als aber nichts fruchtete und das Kind immer schrecklicher schrie, rief der Kaiser in seiner Verzweiflung zuletzt aus: »Schweig, süßestes Licht, und ich gebe dir Jugend ohne Alter und Leben ohne Tod.«

Im selben Augenblick schwieg das Kind und trat durch die Pforte der Geburt. Pauken und Trompeten verkündeten seine Ankunft und das Fest zu seinen Ehren währte sieben Tage und sieben Nächte lang.

Der Bauer aber hatte nicht zu viel versprochen. Ein schöneres und klügeres Kind wuchs nirgends heran. Was andere in einem Jahr lernten, lernte es in einem Monat und bald wusste es alles bis zum Mond und zur Sonne hinauf. Der Vater starb und auferstand vor Freude, wenn seines Sohnes Weisheit ihn überraschte, und Bojaren (hoher Adelstitel) und Bauern frohlockten: »Wir werden einen Kaiser bekommen, so weise wie Salomo!«

So ging es zehn, zwölf, vierzehn Jahre lang, bis plötzlich, niemand wusste zu sagen weshalb, der Knabe sich veränderte. Er wurde stiller und stiller und keiner sah ihn mehr anders als tief in Gedanken versunken. An seinem fünfzehnten Geburtstag jedoch, als der Kaiser mit den Bojaren gerade zu Tische saß, trat er vor den Mächtigen hin und sprach: »Vater, es ist Zeit, dass du dein Versprechen erfüllst und mir gibst, weswegen ich zur Welt gekommen bin.«

Der Kaiser erbleichte und flüsterte: »Wie kann ich dir etwas geben, das auf der lieben weiten Welt noch niemand gesehen oder gehört hat? Wenn ich es damals versprach, so war es doch nur, um dich zum Schweigen zu bringen.«

»Wehe«, rief der Prinz, »dann muss ich fort von hier und es selber suchen, das Pfand, für das ich mich zur Geburt entschlossen habe.«

Jetzt fielen die Bojaren auf die Knie und rangen die Hände. Sie flehten Allschön an, sie doch nicht zu verlassen, und sprachen: »Siehe, von heute auf morgen wird dein Vater alt oder stirbt uns gar hinweg. Dann erheben wir dich auf den Großen Stuhl und führen dir die schönste Prinzessin herbei.«

Aber Prinz Allschön blieb bei seinem Entschluss. Da gaben seine Eltern schweren Herzens den Befehl, ihm die Wegzehrung zu rüsten.

Er aber trat in den Stall und betrachtete die kaiserlichen Hengste. Einem um den anderen stemmte er die Hand in den Rücken und, o Schmach, sie hielten seiner Kraft nicht stand, sondern knickten ein. Schon wollte er umkehren, als sein Blick auf ein zitterndes Pferdchen fiel, das mit Beulen und Schwären bedeckt in einer Ecke stand. Kaum hatte er diesem den Rücken berührt, als es sich blitzgeschwind drehte und ausrief: »Was befiehlst du, mein Herr?«

Er presste stärker, aber siehe, es streckte die Beine und stand bolzengerade wie auf vier Säulen.

Da anvertraute er ihm, was er im Sinne trug, und es antwortete ohne Besinnen: »Um zu finden, weswegen du zur Welt gekommen bist, musst du zuallererst deinen Vater bitten, dir das Schwert und die Lanze, den Bogen und die Pfeile und auch die Kleider zu geben, die er getragen hat, als er jung war. Mich aber musst du sechs Wochen lang mit eigener Hand pflegen, mich waschen mit Morgentau und mir die Gerste in süßer Milch kochen.«

Allschön pflegte das Pferdchen nach seinem Wunsch und Wort und suchte drei Tage und drei Nächte lang, bis er in den Vorratskammern des Vaters Kleider und Waffen gefunden hatte. Die Waffen waren rostig und die Kleider zerrissen, aber er machte sich an die Arbeit und putzte und flickte sie. Als die Waffen glänzten wie Spiegel und die Kleider wieder ganz waren, schüttelte sich das Pferd und warf die Beulen und Geschwüre von sich wie Schuppen, denn jetzt waren die sechs Wochen herum. Rein wie seine Mutter es zur Welt gebracht hatte, stand es vor dem Prinzen, ein großes, feuriges Ross mit sechs Flügeln.

»In drei Tagen reisen wir«, sprach der Knabe und das Flügelross gab zurück: »Von mir aus schon morgen!«

In der Frühe des dritten Tages saß Allschön mit dem Schwert in der Hand auf dem Pferd seiner Wahl und nahm Abschied von seinen Eltern. Schneller als der Wind flog er davon, der Tross konnte ihm nicht folgen. Aber wo die bebauten Äcker aufhörten, wartete er, verteilte die Wegzehrung unter die Knechte und ritt allein weiter, immer nach Osten drei Tage lang. Da kam er auf ein Feld, das über und über mit Menschenknochen bedeckt war.

»Du musst wissen«, begann jetzt sein Pferd zu reden, »dass wir im Land der Goanaja sind, der Spechtin mit dem Leib eines Drachen. Sie erschlägt jeden, der hier eindringt, darum die vielen Knochen. In ihrer Jugend war sie ein Weib wie jedes andere, aber sie versagte ihren Eltern den Gehorsam und wurde zur Strafe in Drachengestalt gebannt. Sie hat Kinder, so schön wie die Elfen, bei denen ist sie gerade auf Besuch. Aber sieh dich vor, morgen, wenn wir im Walde jenseits des Knochenfelds sind, wird sie dich erspähen.«

Kein Lüftchen regte sich, als Allschön in den Wald jenseits des Knochenfeldes ritt. Aber plötzlich erbebte die Luft wie von Hammerschlägen, die Spechtin sauste heran und knickte links und rechts die starken Bäume wie Grashalme. Der Prinz spannte den Bogen, schoß ihr eine Tatze vom Leib und hatte schon den zweiten Pfeil zur Hand. Da rief sie: »Halt, halt, ich tue dir gewiss nichts zuleid«, und wie er sie ungläubig anschaute, schrieb sie es auf mit ihrem schwarzen Blut, dass sie ihm Freund sei. Sie nahm ihn mit heim an ihre Tafel und speiste und tränkte ihn.

»Lang lebe dein Pferd«, sagte sie während des Mahles. »Ohne dieses Pferd hätte ich dich gebacken und aufgegessen, so aber aßest du mich auf.«

Sie begann plötzlich zu klagen und zu stöhnen, weil ihre Wunde brennt. Da erbarmte sich Allschön und setzte ihr die Tatze wieder an. Zum Dank wollte sie ihm eine ihrer drei Töchter geben, die schön wie Feen waren. Er aber sagte ihr rundheraus, dass er keine wolle. »Ich bin ausgezogen, um Jugend ohne Alter und Leben ohne Tod zu finden.«

»Mit dem Pferd, das dir dient, gelingt es dir vielleicht«, antwortete sie nachdenklich.

Sie beherbergte ihn noch drei Tage lang, dann ritt er davon, immer vorwärts nach Osten, bis zu einem Feld, das aus zwei Hälften bestand. Zur Rechten leuchteten Hunderte von Blumen, zur Linken waren alle Grasspitzen und Kräuter verbrannt.

»Wir sind jetzt im Lande der Scorpia«, sprach das Pferd. »Sie hat noch mehr gesündigt als ihre Schwester und der Fluch liegt noch schwerer auf ihr. Spechtin und Skorpionin können nicht einmal am gleichen Ort wohnen, so zänkisch sind sie. Soeben haben sie wieder gestritten. Die Skorpionin hat die Spechtin verjagt und Feuer und Pech ausgespuckt aus ihren drei Häuptern, darum ist die Wiese auf der einen Seite verbrannt.«

Wie groß und stark die Skorpionin war, erfuhr der Prinz, als er mit ihr kämpfte. Er traf sie aber dennoch mit seinem Pfeil, schoss ihr ein Haupt ab und zielte schon auf das zweite. Da bat sie um Gnade und schrieb es ihm auf mit ihrem schwarzen Blut, dass sie ihm Freund sei. Sie nahm ihn nach Hause und bewirtete ihn und weil die Wunde sie brannte, setzte Allschön ihr den abgeschossenen Kopf wieder an. Dann ritt er weiter und kam in ein Land, wo es jahrein, jahraus Frühling war und von tausenderlei Blumen duftete. Das Pferd ließ es aber nicht zu, dass er in das seidige Gras hinabglitt und den bald würzigen, bald milden Blumenduft genoss.

»Merkst du nicht«, tadelte es ihn, »dass wir schon ganz nahe am Ort sind, wo Jugend ohne Alter und Leben ohne Tod zu Hause ist? Nur der Wald trennt uns noch, der hinter dem Frühlingsland steht.«

Das Pferd wusste jedoch, dass dies kein Wald wie ein anderer war. »Er ist von Tieren erfüllt, wie du noch keine gesehen hast, wild und gierig und stark, und nie befällt diese Tiere auch nur für einen Augenblick der Schlaf. Du irrst, wenn du glaubst, unbemerkt hindurchschlüpfen zu können. Nur in der Höhe liegt dein Heil, himmelhoch müssen wir uns erheben über sie.«

Am Waldrand hielten Ross und Reiter Rast und stärkten sich. Nach drei Tagen wollte das Pferd eine Probe machen und sehen, wie hoch Allschön sich erheben konnte.

»Zieh mir aus allen Kräften den Sattelgurt fest«, ermunterte es ihn. »Dann steige auf, zwinge deine Schenkel um meinen Leib und halte dich fest an meiner Mähne.«

Allschön tat es und mit mächtigem Flügelschlag erhob sich das Ross. Da bemerkte es, dass soeben alle Tiere nach der Mitte des Waldes liefen, wo »Jugend ohne Alter und Leben ohne Tod« ihren Palast hatte. Die Herrin stand auf der Treppe und lockte ihre Tiere mit fettem Futter heran.

»Vorwärts«, rief jetzt das Pferd, »der rechte Augenblick ist gekommen, ergreif ihn, mein Prinz!«

»Möge Gott sich meiner erbarmen«, sprach Allschön, »vorwärts!«

Sie stiegen höher und höher und jetzt erblickte auch Allschön den Palast. Sprühte er Funken? Der Prinz musste die Augen schützen, denn wenn einer auch in die Sonne schauen könnte, den Glanz dieses Palastes ertrüge er doch nicht. Jetzt ließ sich das Pferd langsam nieder. Aber als sein Huf den ersten Baumwipfel berührte, dröhnte der Wald, als tobe eine Schlacht. Die Löwen brüllten und die Tiger fauchten, die Wölfe heulten, die Geier krächzten. Der Prinz musste seinen Mut zwischen die Zähne nehmen, denn sein Haar sträubte sich. Er hörte, wie die Herrin alle wilden Bestien mit sanfter Stimme zu sich rief: »Kommt, liebe Kinder! Her zu mir, meine Küken!«

Da schmiegten sich die Vordersten zahm wie die Rehe an ihr Knie und keines bemerkte, wie das Flügelpferd seinen Reiter unversehrt vor der Palasttreppe absetzte. Aber die leuchtende Fee sprach zu Allschön: »Was suchst du hier?«

Sie ließ ihren Blick voll Mitleid auf ihm ruhen und hielt die Tiere von ihm ab.

»Was ich suche, ist Jugend ohne Alter und Leben ohne Tod.«

»Dann bist du am rechten Ort, ich stehe vor dir.«

Sie reichte ihm die Hand und führte ihn in den Palast hinein. Dort waren ihre beiden Schwestern und auch sie empfingen ihn freundlich. Aus Freude über seine Ankunft bereiteten sie ein Mahl und trugen es in lauter goldenen Töpfen zu Tisch. Auch an das Pferd dachten sie und es durfte weiden, wo immer es wollte, denn keines der wilden Tiere war ihm mehr Feind. Löwe wie Lurch, Büffel wie Wolf, Geier und Sperber waren dem Prinzen und seinem Pferd wohlgesinnt.

Tags darauf sagten die Feen zu Allschön: »Bleibe doch immer bei uns«, denn schon schien das Leben ihnen fahl ohne die Gesellschaft eines Menschen. Er aber sagte zu »Jugend ohne Alter und Leben ohne Tod«: »Deinetwillen bin ich auf die Welt gekommen, deinetwillen habe ich Vater und Mutter verlassen. Wie sollte ich etwas anderes wünschen, als immer bei dir zu bleiben?«

Da hielten sie Hochzeit und die Frauen erlaubten ihm nun, überall frei herumzugehen. »Es gibt nur ein einziges Tal, das du meiden musst. Dies ist das Tal des Weinens. Betritt es niemals, denn es brächte dir Schmerzen.«

Leichten Herzens versprach er es ihnen.

Von nun an lebte Allschön in Frieden und Freude und merkte nicht, dass die Zeit verging. Wie hätte er es auch merken sollen, dass sie weiterfloss, die liebe Zeit? Wie die Frauen, so blieb auch er selbst immer jung und heiter und so stark wie am Tag seiner Ankunft. Es gab nichts, worüber er sich den Kopf zerbrechen musste. Er freute sich seiner sanften Gemahlin und ritt ohne Sorgen auf die Jagd, er ergötzte sich an den blühenden Gärten und wurde erquickt durch die reine, vom Gesang der Vögel widerhallende Luft. Am Morgen zog er mit Pfeil und Bogen in die Weite und abends kehrte er ruhigen Gemüts wieder zurück zu den drei Frauen.

Aber eines Tages verfolgte er einen Hasen ungestümer als sonst. Er schoss und traf ihn nicht, schoss abermals und verfehlte ihn wieder. Jetzt ärgerte er sich, schoss den dritten Pfeil ab und mit diesem traf er. Aber o Jammer, in seiner Ungeduld hatte er nicht auf den Weg geachtet und wie er jetzt den Hasen aufhob und sich umblickte, befand er sich im Tal des Weinens. Sogleich kehrte er um, aber was half's? Schon schnürte sich ihm die Kehle zusammen und von Kopf zu Fuß brannte ihn eine verzehrende Sehnsucht nach Vater und Mutter und dem Land, wo er ein Kind gewesen war. Er stürzte davon und langte tränenüberströmt im Palast an.

»Unglücklicher«, riefen die Frauen, »wo kommst du her? Wehe, du bist im Tal des Weinens gewesen!«

»Ja, ihr Geliebten, aber ohne es zu wollen. Jetzt vergehe ich vor Sehnsucht nach Vater und Mutter und ertrage es doch auch nicht, ohne euch zu sein, ihr Schwestern. Ich verweile ja wohl schon drei oder gar zweimal drei Tage bei euch und noch immer gefällt es mir so gut wie in der ersten Stunde. Erlaubt mir nur eines, lasst mich noch ein einziges Mal meine Eltern sehen, dann kehre ich schnell wie der Wind zu euch zurück und verlasse euch nie mehr.«

Die Frauen entsetzten sich und beschworen ihn, davon abzusehen. »Deine Eltern sind seit Hunderten von Jahren tot und auch du musst sterben, wenn du uns verlässt.«

Ihr Bitten und Flehen war umsonst und auch das Pferd richtete mit seiner Ermahnung nichts aus. Zuletzt sagte es zu ihm: »Wenn du nicht hören willst, Herr, so wisse, dass du an allem, was geschieht, selber schuld bist. Zwar diene ich dir gleichwohl, aber ich stelle eine Bedingung.«

»Schnell, sprich sie aus! Ich erfülle dir alles, nur trag mich zurück ins Land meiner Eltern.«

»Ich tue es, aber sobald wir angelangt sind, kehre ich um und wenn du klug bist, so kommst du mit.«

Allschön hörte nur halb hin. Schon umarmte er die Frauen und nahm von ihnen Abschied. Während sie seufzend und in Tränen aufgelöst winkten, ritt er davon. Im Galopp erreichte er den Ort, wo die Skorpionin gehaust hatte. Aber was war das? Sah er recht? Jetzt standen hier große Städte und die Wildnis war in fruchtbare Äcker verwandelt. Überall arbeiteten Menschen und Allschön jagte von einem zum anderen. Jeden fragte er, wo denn die Skorpionin sei? Dann erhielt er zur Antwort, die Großmütter erinnerten sich zwar, dass ihre Urgroßmütter sich mit dem Märchen von der Skorpia unterhalten hätten, sie selber aber wüssten nichts mehr davon.

»Wie kann das sein?«, rief er aus. »Noch gestern oder vorgestern ritt ich hier vorbei und schoss der Drachin einen ihrer drei Köpfe vom Leib!«

Da lachten sie über ihn wie über einen Narren und er gab dem Pferd zornig die Sporen. Dass Haare und Bart ihm ergrauten, merkte er nicht.

Im Reich der Spechtin erging es ihm ebenso. Dieselben Fragen und dieselben Antworten und lachenden Reden. Er schüttelte den Kopf und konnte es nicht fassen, dass in so kurzer Zeit sich alles verändert hatte. Jetzt aber bemerkte er, dass ein schlohweißer Bart ihm bis auf den Gürtel fiel. Er jagte weiter und endlich, endlich erreichte er das Reich seines Vaters und den Palast, wo er zur Welt gekommen war. Als er abstieg, zitterten seine Glieder und er sah, dass sie welk und schwach geworden waren. Das Pferd küsste ihm die Hand und sprach: »Herr, ich kehre zurück, von wo ich gekommen bin. Wolle Gott, dass du mich begleitest.«

Er aber erwiderte: »Geh nur ein wenig voraus, Bester, und im Handumdrehen folge ich dir nach.«

Da sagte das Pferd nichts mehr, breitete seine Flügel aus und entschwand seinem Blick.

Jetzt sah der Prinz, dass sein Vaterhaus zerfallen war, und er stöhnte laut auf. Zwei- und dreimal verirrte er sich zwischen Gesträuch und Unkraut und konnte den Hof, wo er gespielt, den Stall, wo er sein Pferd gepflegt hatte, nicht wiedererkennen. Zuletzt fand er den Zugang zu einem Keller und stieg hinab. Tastend wankte er von einem Winkel zum anderen und hoffte, wenigstens auf einen bekannten Stein, einen vertrauten Balken zu stoßen. Sein schneeweißer Bart fiel ihm jetzt bis auf die Knie herab und seine Augenlider waren so schwer, dass er sie mit den Fingern hochhalten musste. Plötzlich stieß sein Fuß gegen eine Truhe. Er betrachtete sie und hob mühsam ihren Deckel auf. Sie war leer. Dann schob er auch eine kleine Lade zurück und jetzt erscholl eine hohle Stimme: »Saumseliger, bist du endlich da?«

Der also sprach, war des Prinzen Tod. Zusammengekrümmt lag er in einer Seitenlade der Truhe und in der langen Zeit war er ausgetrocknet wie eine Birne im Frühling. Jetzt reckte er sich und sprach: »Wie lange glaubtest du, dass ich noch warte? Bald wäre ich vor Langeweile noch selber gestorben!«

Unbeholfen stand er auf, holte aus und versetzte Allschön einen leichten Schlag. Da sank der Prinz zu Boden und heraus war er aus der Schar der Lebenden. Im selben Augenblick zerfiel sein Leib zu einem Häuflein Asche und die Asche verwehte nach allen vier Richtungen des Himmelszeltes.

Ich aber hab mich auf mein Pferdchen geschwungen
Und vor euch das Märchen von Allschön gesungen.

[Märchen aus Rumänien]

Der weissagende Schimmel

Es lebte einmal ein reicher Mann, der hatte drei Söhne. Er besaß auch eine große Mühle, einen reichen Bauernhof und einen Schimmel. Von dem Schimmel aber ging die Sage, dass dieser die Zukunft voraussagen und mit menschlicher Stimme sprechen könne. Als nun der reiche Mann starb, erbte sein ältester Sohn die Mühle und wurde ein Müller. Der zweite erbte den Hof und wurde ein reicher Bauer. Der Jüngste aber erbte den Schimmel. Da beschloss der Jüngste, auf dem Schimmel in die weite Welt zu reiten.

Lange Zeit ritt er in der Welt umher. Eines Tages kam er zum Fuße eines großen Gebirges. Da sah er am Wegesrand eine Feder liegen. Diese war purpurrot und ihre Spitzen aus reinem Silber. Da sprach der Jüngling: »Diese Feder werde ich aufheben und als Schmuck an meinen Hut stecken.«

Doch da fing der Schimmel mit menschlicher Stimme an zu sprechen: »Höre auf meinen Rat, heb diese Feder nicht vom Grunde!«

Da sprach der Jüngling: »Ich weiß nicht, weshalb ich diese Feder liegen lassen soll, doch werde ich deinem Rat folgen.«

Er ritt weiter ins Gebirge. Da sah er am Wegesrand wieder eine Feder liegen. Diese war aus Silber und ihre Spitzen aus purem Gold. Da rief er wieder: »Diese Feder werde ich aufheben!«

Doch wieder sprach der Schimmel: »Höre auf meinen Rat, heb diese Feder nicht vom Grunde!«

Der Jüngling antwortete: »Ich weiß zwar wiederum nicht, weshalb ich die Feder nicht aufheben soll, doch werde ich dir nochmals gehorchen.«

Weiter ritt er des Weges und er kam vor die Tore einer großen Stadt. Da sah er am Wegesrand wieder eine Feder liegen. Diese war aus purem Gold und ihre Spitze war aus Diamanten.

Da rief der Jüngling: »Diese Feder aber werde ich aufheben!«

Doch wieder sprach der Schimmel: »Höre auf meinen Rat, heb diese Feder nicht vom Grunde!«

Doch der Jüngling antwortete: »Zweimal habe ich auf deinen Rat gehört, doch diese Goldfeder mit den Diamantspitzen ist so herrlich, dass ich sie unbedingt besitzen möchte!«

Er stieg vom Pferd, hob die Feder auf und steckte sie an seinen Hut. Er ritt nun durch das Tor der Stadt. Kaum war er aber hindurchgeritten und die Bewohner der Stadt erblickten die Feder, da riefen sie: »Vivat! Hoch! Unser neuer König soll leben!«

Sie führten ihn in das königliche Schloss und sprachen: »Unser König ist verstorben. Das Zeichen, wer unser neuer König werden soll, war folgendes: Wer mit der goldenen Feder durch das Tor kommt, der sei der Richtige.«

Er wurde nun gekrönt und verheiratete sich mit der Tochter des verstorbenen Königs und lebte lange Zeit sehr glücklich. Eines Tages ging er in die königlichen Ställe. Als er zu dem Schimmel kam, erinnerte er sich wieder an die Federn und er sprach: »Weshalb hast du mir auch abgeraten, die dritte Feder aufzuheben. Sie ist doch mein Glück geworden?«

Da antwortete der Schimmel: »Wenn du die erste Feder aufgehoben hättest, wärst du ein Graf geworden. Hättest du die zweite Feder aufgehoben, wärst du ein Herzog geworden. Hättest du die dritte Feder liegen lassen, hätten wir oben an der Spitze des Gebirges eine Feder liegen sehen. Diese wäre aus reinen Diamanten gewesen und ich hätte dann zu dir gesagt: Diese Feder hebe vom Grunde. Du wärst dann ein mächtiger Kaiser geworden, der mächtigste Herrscher der Welt, und in deinem Reich wäre die Sonne nie untergegangen.«

Der junge König überlegte kurze Zeit, dann sprach er: »Wäre es denn wirklich mein Glück gewesen, wenn ich der mächtigste

Herrscher der Welt geworden wäre, wenn in meinem Reich die Sonne nicht untergegangen wäre? Zum Tag gehört auch die Nacht.«

Der junge König ging zurück ins Schloss zu seiner Königin und er lebte mit ihr und dem Schimmel glücklich und zufrieden bis zum Ende ihrer Tage.

[Märchen aus Holland]

Der Held Balor Gunan und das Fuchsfüllen

In einem Chanat lebte ein armer Hirte mit seiner Frau. Es wurde ihnen ein Sohn geboren, dem sie den Namen Gunan gaben. Der Knabe lebte einen Tag, da konnte man ihn schon nicht mehr in ein Schafsfell wickeln, es war zu klein für ihn. Er lebte zwei Tage und man konnte ihn auch schon nicht mehr in zwei Schafsfelle einpacken. Fünf Tage waren inzwischen vergangen und schon reichten fünf Schafsfelle nicht mehr aus, um ihn bedecken zu können.

Was für ein Recke war aus ihm geworden!

Der Vater schenkte Gunan ein Fuchsfohlen, machte ihm einen Sattel und gab ihm noch Pfeil und Bogen sowie ein kleines Zaumzeug dazu. Gunan fing auch sogleich an, auf die Jagd zu reiten. Und wie er ritt! Kehrte er von der Jagd zurück, so brachte er Fuchsfelle für die Mützen mit, während am Sattel die erbeuteten Hasen baumelten.

Eines Tages reiste der Chan durch diese Gegend. Er hörte, was das Volk über Gunan sprach: »Was für ein Held wächst hier heran! Er wird einmal Chan werden.«

Das ärgerte den Chan und er beschloss, Balor Gunan zu vernichten. So befahl er, ihm den Hirtensohn herbeizuholen. Als man ihn vor den Chan brachte, sagte dieser: »Ich hörte davon, dass in meinem ganzen Chanat kein einziger Mann ist, der tapferer wäre als du. Auch vernahm ich, dass es auf der gesamten Welt kein schnelleres Pferd gibt als dein Fuchsfüllen. Reite gen Süden! Dort haust ein zehnköpfiger Mangus. Bringe ihn hierher, in meine Jurte!«

»Einverstanden«, antwortete Gunan. »Bereitet inzwischen für das Ungeheuer eine tiefe Grube vor!«

Der junge Held sattelte das fuchsrote Füllen, nahm einen Ukrjuk von hundert Klaftern Länge mit und ritt nach Süden. Wozu andere ein ganzes Jahr brauchten, das schaffte er in einem Monat.

Der Recke stürmte über die Steppe hinweg und der Wind pfiff ihm um die Ohren. Plötzlich hielt das Füllen inmitten des Weges inne, es wich zurück und bäumte sich auf.

Gunan fragte: »Warum bliebst du stehen? Weswegen eiltest du nicht weiter durch die Steppe?«

Das Pferd antwortete ihm: »Siehst du in der Ferne, dort wo der Himmel die Erde berührt, den schwarzen Flecken?«

»Ich sehe ihn«, sagte Gunan. »Das ist ein großer Berg.«

»Nein, das ist durchaus kein Berg. Dort sitzt auf seinem Ross der zehnköpfige Menschenfresser, der Mangus.«

»Springe auf ihn zu!«, schrie Gunan und riss den Bogen von seiner Schulter.

»Nicht doch!«, sagte das Fuchsfohlen. »Solange der Mangus auf dem Pferde sitzt, kann ihm niemand etwas anhaben. Nimm den hundert Klafter langen Ukrjuk und verbirg dich auf einem Baum.«

Gunan tat, wie ihm das Fohlen geheißen. Er kletterte auf einen Baum, hielt den Fangstock in den Händen und wartete ab, was weiter geschehen würde.

Als der Mangus bemerkte, dass in der Steppe ein Füllen herumlief, peitschte er sein Pferd und dieses durchflog in einer Minute eine Wegstrecke von drei Tagen.

Das Fuchsfohlen aber lief auf den Baum zu, blieb stehen und rührte sich nicht von der Stelle.

Der Mangus sprang vom Pferd, nahm ein Halfter vom Gürtel und schickte sich an, es dem Fuchsfohlen anzulegen. In diesem Moment jedoch warf Gunan blitzschnell die Fangschlinge über das Ungeheuer, sprang vom Baum herab, direkt auf sein Füllen und jagte schneller als der Wind in der trockenen Steppe dahin, den Mangus hinter sich herschleifend.

Bald hörte man in der Jurte des Chans ein Krachen und Getöse, dass alle Pferde sich aufbäumten, die Kühe zu brüllen begannen, die Schafe blökten und in der Ferne die Berge ins Schwanken gerieten.

Angst und Schrecken ergriff den Chan. Sein alter Ratgeber aber fragte:

»Warum wohl, mein Gebieter, ist dieser Höllenlärm in deinem Chanat?«

»Das muss ein Erdbeben sein«, antwortete der Chan. »Sieh doch, wie die Berge schwanken!«

»Keineswegs«, sagte der alte Ratgeber. »Das ist der Mangus, der sich deiner Jurte nähert!«

Der Ratgeber hatte das kaum ausgesprochen, da lag auch schon das Ungeheuer vor der fürstlichen Jurte. Der Menschenfresser richtete seine zehn Köpfe fauchend und zischend nach allen Seiten. Es gelang ihm aber nicht, sich loszureißen, weil ihn der Ukrjuk in der eisernen Hand des Recken Gunan festhielt. Man warf den Mangus in die dreißig Klafter tiefe Grube.

Zu Gunan aber sprach der Chan: »Einen solchen Helden kann aber auch nicht ein einziger Chan auf der ganzen Welt haben. Bleibe bei mir in der Jurte, du wirst bei mir Nojon werden. Ich gebe dir ein Rudel Pferde, eine Herde Kühe, eine Menge Schafe und Kamele und meine Tochter gebe ich dir zur Frau.«

Gunan antwortete dem Chan: »Die fürstliche Jurte ist gut, die der Eltern aber noch schöner. Auch Reichtum ist gut, Freiheit aber besser.«

So sagte er und ritt auf dem fuchsroten Füllen zur väterlichen Jurte.

Fünf Tage verweilte Gunan dort, am sechsten aber sprengten die Tschiriken des Chans zu ihm.

»Dich ruft der Fürst, folge uns schleunigst!«

Gunan bestieg das Fuchsfohlen und ritt zum Chan. Der Chan sagte zu Gunan:

»Ich habe in meinem ganzen Chanat keinen Ritter, der tapferer wäre als du. Bringe mir die Tochter des mächtigen Iribsyn-Chans zur Frau und ich mache dich zu meinem Nachfolger. Bringst du sie mir aber nicht, so werde ich dich den Hunden zum Fraße vorwerfen.«

Gunan wandte sein Füllen und ritt heimwärts, um sich vom Vater vor der weiten Reise zu verabschieden. Der alte Hirte warnte seinen Sohn: »Es wird dir nicht gelingen, in das Reich des Iribsyn-Fürsten zu kommen. Dein Weg führt über einen toten Fluss. Dieser kann weder von einem Menschen noch von einem Pferde durchquert werden. Jedermann, auf den auch nur ein Tropfen aus seinem Wasser fällt, stirbt auf der Stelle. Hinter dem toten Fluss aber breitet sich ein rotes Meer aus. Jeder, der von einem Tropfen Wasser aus dem roten Meer getroffen wird, verbrennt bei lebendigem Leibe.«

Nichts aber vermochte Gunan zurückzuschrecken. Er sprang auf sein Fuchsfohlen und ritt auf und davon. Wozu andere ein volles Jahr brauchten, das durchritt er in einem bloßen Monat. Bald erblickte Gunan den toten Fluss. Er riss ein Schilfrohr ab und steckte es ins Wasser. Das Schilfrohr wurde gelb und verwelkte sofort.

»Dein Vater hat dir die Wahrheit gesagt«, sprach das Füllen. »Es ist unmöglich, diesen Fluss zu durchschwimmen.«

Gram erfüllte die Brust des Helden. Doch das fuchsrote Fohlen tröstete ihn:

»Sei nicht traurig. Ich werde meinen großen Bruder um Beistand bitten. Er wird uns helfen!«

»Wer ist denn dein Bruder?«, fragte Gunan.

»Noch keinem anderen habe ich es verraten, dir aber sage ich es: Der Steppenwind ist mein Bruder.«

Das Fuchsfohlen wendete den Kopf nach Osten und wieherte. Da stürmte der Wind auf den toten Fluss zu und schneller als das Auge zu folgen vermochte hob er das Füllen samt dem Reiter in die Lüfte und trug sie ans andere Ufer.

Gunan ritt weiter. Wozu andere ein volles Jahr reiten mussten, dazu benötigte er kaum einen Monat. Alsbald erreichte er das Ufer des roten Meeres.

Gunan riss ein Schilfrohr ab und warf es ins Wasser. Das Schilfrohr loderte auf und verbrannte im Nu.

»Dein Vater hat wahr gesprochen«, sagte das Füllen. »Man kann dieses Meer nicht durchschwimmen.«

Trauer überfiel Gunans Herz.

Abermals wandte das Füllen den Kopf gegen Osten und wieherte noch lauter als vorher.

Eine volle Stunde verging – vom großen Bruder aber war weit und breit nichts zu sehen und zu hören. Eine zweite Stunde verging, es kam immer noch keine Hilfe.

Plötzlich aber bemerkte Gunan am fernen Himmel ein Wölkchen. Es schwebte direkt auf Gunan zu und wurde zusehends größer.

»Dieses Wölkchen schickt uns mein großer Bruder«, sagte das Fuchsfohlen.

Und es hatte wahr gesprochen. Vor Gunan machte die Wolke halt und ließ sich am Ufer nieder, bedeckte es gleichsam mit einem dicken Filz. Gunan und das Füllen sprangen auf die Wolke, der Wind trieb sie hoch in die Lüfte empor und sie gelangten sicher über das rote Meer.

Als das Meer ihren Augen entschwunden war, ließ sich die Wolke auf der Steppe nieder und Gunan ritt weiter. Gegen Morgen erreichte er das Land des Iribsyn-Chans und erblickte dort eine Anzahl von Jurten und eine Menge verschiedenartigen Volkes.

»Was habt ihr für ein Fest, warum haben sich hier so viele Leute versammelt?«, fragte Gunan.

Man antwortete ihm: »Zwei Recken kämpfen heute miteinander: Schamdagaj und Urtu. Wer von ihnen den Sieg erringt, dem gibt der Iribsyn-Chan als Siegespreis seine Tochter zur Frau.«

Gunan ritt zur fürstlichen Jurte.

»Was willst du?«, fragte ärgerlich der Iribsyn-Chan. »Warum störst du mich?«

»Ich will mich mit deinen Recken im Wettkampf messen«, antwortete Gunan.

»So, so«, verwunderte sich der Chan.

Am Mittag begannen die Wettspiele. Zu Beginn schoss man ins Ziel. Man hatte eine eiserne Nadel in einen Eichenklotz gestoßen, war auf die Entfernung von einem Monatsritt von diesem Baumstumpf weggeritten und begann nun zu schießen.

Als erster zielte Schamdagaj. Zwei volle Tage lang spannte er die Sehne, beim Anbruch des dritten Tages ließ er den Pfeil fliegen. Nur um einen Fingerbreit verfehlte der Pfeil das Ziel, er fiel direkt auf den Eichenklotz. Schamdagaj tobte vor Wut und zerbrach seinen Bogen über dem Knie.

Nun fing Urtu an zu zielen. Vier ganze Tage und Nächte lang spannte Urtu den Bogen. Im Morgengrauen des fünften Tages schoss er den Pfeil ab. Sein Pfeil verfehlte ebenfalls um eines Fingers Breite das Ziel. Auch Urtu schäumte vor Zorn und zerbrach gleichfalls den Bogen über dem Knie.

Alsdann kam Gunan mit dem väterlichen Bogen an die Reihe. Ganze drei Tage lang spannte er die Sehne. In der Morgendämmerung des vierten Tages ließ er den Pfeil fliegen. Direkt ins Nadelöhr traf der Pfeil Gunans.

Danach begann der Ringkampf. Drei Tage lang rang Schamdagaj mit Urtu, drei Tage hindurch drückten sie einander zu Boden. An der Stelle, an der Schamdagaj Urtu zur Erde drückte, entstand ein fünf Klafter tiefer Graben. Schamdagaj ging um den Graben herum und prahlte: »Es gibt keinen stärkeren Recken, als ich es bin. Nun wird der Chan nicht umhin können, mir seine Tochter zur Frau zu geben.«

Gunan aber sagte zu ihm: »Ich will meine Kräfte mit dir messen, wir werden sehen, ob du auch kräftig auf den Beinen stehst.«

Und sie fingen gleich an zu ringen. Fünf Tage lang drückten sie einander auf die Erde. Stieß Gunan mit dem Fuß auf die Erde, so zersprang an dieser Stelle der Boden.

Da geriet Schamdagaj in eine solche Spalte und man konnte ihn gerade noch halbtot an den Haaren herausziehen.

Und so kam denn der Tag für das letzte Wettspiel heran.

Am frühen Morgen ritten Schamdagaj, Urtu und Gunan auf ihren Pferden in die Steppe. Schamdagaj hatte ein rehbraunes, feuriges Ross unter seinen Schenkeln. Aus den Augen dieses Pferdes sprühten die Funken. Urtu hielt ein graues, grimmiges Pferd im Zaum, aus dessen Nüstern Flammen herausschlugen. Gunan aber ritt gelassen auf seinem kleinen, sanften fuchsroten Füllen einher.

Die Leute verspotteten Gunan: »Auf solch einem Pferd kann man gerade noch hinter Schafen herjagen!«

Auch der Iribsyn-Chan war mitgekommen, um das Wettrennen zu sehen. Er brachte seine schöne Tochter Zezeg, die Blumengleiche, mit.

Als der Hirtensohn Zezeg erblickte, war er sofort in sie verliebt. Die Fürstentochter aber sagte, nachdem sie Gunan gesehen, zu ihrem Vater:

»Ich werde die Frau jenes Recken, dem das Fuchsfohlen gehört.«

Der Chan wurde zornig und schrie auf die Tochter ein:

»Es ist nicht deine Sache, dir einen Mann auszuwählen! Wer als erster bis zum Berg galoppiert, der wird auch dein Gatte sein!«

Der Chan winkte mit der Hand und die drei Recken jagten den Berg hinan. Vorneweg stürmte das rehfarbene Pferd, ihm nach jagte das graue, hinter beiden aber trabte das Fuchsfohlen. Als die schöne Fürstentochter sah, dass Gunan zurückblieb, weinte sie bitterlich und lief von den Leuten fort in die Jurte. Da neigte sich Gunan zum Füllen hinab und flüsterte ihm ins Ohr:

»Der Braune und der Graue haben dich überflügelt. Nun wird die schöne Zezeg nicht meine Frau werden, ich aber will ohne sie nicht mehr leben!«

Das Fuchsfohlen aber beruhigte ihn: »Sei unbesorgt und glätte deine Kummerfalten!«

Und kaum gesagt, warf es den Kopf gegen Osten und wieherte laut auf. Da stürmte aus der Steppe ein Orkan heran und peitschte dem Braunen und dem Grauen heftig entgegen. Schamdagaj und Urtu spornten ihre Pferde an, diese aber kamen nicht von der Stelle. Das Fuchsfohlen überholte sie beide und stürmte als Sieger zum Berg hinan. Alle Leute, die sich dort versammelt hatten, schrieen vor Freude. Zezeg kam aus der Jurte, um zu sehen, wem sie als Frau zugefallen wäre: dem Schamdagaj oder dem Urtu. Da sah sie, wie Gunan auf seinem fuchsroten Füllen zum Chan heranritt, indessen die beiden anderen Recken noch nicht einmal bis zum Berge gekommen waren.

Der Chan runzelte die Stirn und sprach zu Gunan: »Du bist ein Recke aus fremdem Lande. Ich weiß also nicht, welcher Art du bist. Immerhin gilt mein Wort. Nimm also meine Tochter zur Frau. Wisse aber auch, dass ich dir als Mitgift weder Gold noch Silber, weder Kleider noch Pferde, weder Kühe noch Kamele, weder Schafe noch eine Weide geben werde. Im Übrigen aber sage, was du dir wünschest.«

So sprach der Chan, bei sich aber dachte er: »Er wird wohl kaum eine Frau ohne Mitgift nehmen.«

Gunan jedoch setzte die Braut hinter sich auf das Fuchsfüllen und antwortete dem Chan: »Ich brauche weder Gold noch Silber, weder Kleider noch einen Weideplatz. Anstelle von Pferden gibst du mir Füllen. Anstatt Kühen gibst du mir nur Kälber. Als Ersatz für ausgewachsene Kamele gibst du mir junge. Statt Schafen brauchst du mir nur Lämmer zu geben.«

Der Chan befahl, so zu handeln.

Zezeg und Gunan verabschiedeten sich vom Chan und sie trieben eine Herde von Fohlen, Kälbern, jungen Kamelen und Lämmern vor sich her. Sie hatten jedoch keinen sehr weiten Weg zurückgelegt, da vernahmen sie großen Lärm hinter sich. Sie blickten sich um und siehe da – hinter ihnen zog eine riesige Herde einher.

Zezeg wunderte sich nicht wenig, Gunan aber sagte: »Ein Hirtensohn kennt die Gewohnheiten der Tiere besser als der Chan. Es war immer schon so, wo das Lamm ist, dort ist auch das Schaf; wo sich das junge Kamel aufhält, dort ist auch die Kamelmutter. Diese große Herde zieht ihren Kindern nach. Sie wird jetzt nicht mehr zurückkehren.«

Und so ritt Gunan mit seiner Braut in ein fernes Gebiet. Dort begann er mit Zezeg ein glückliches Leben zu führen. Als jedoch der erste Herbstmonat heranrückte, da bestieg er sein fuchsrotes Füllen und jagte zur alten Jurte der Eltern. Er traf Vater und Mutter bei der Jurte und sagte: »Macht euch fertig und kommt zu mir, damit wir zusammen leben können.«

Die alten Leute machten es auch so und gingen mit ihm. Und bis zum Ende ihrer Tage lebten sie in Ehre und Liebe. Gunan und seine Frau aber sorgten immerfort dafür, dass das Fuchsfüllen ständig Hafer und frisches Gras hatte.

[Märchen aus dem Kaukasus]

Die Gänsemagd

Es lebte einmal eine alte Königin, der war ihr Gemahl schon lange Jahre gestorben und sie hatte eine schöne Tochter. Wie die erwuchs, wurde sie weit über Feld an einen Königssohn versprochen. Als nun die Zeit kam, wo sie vermählt werden sollten und das Kind in das fremde Reich abreisen musste, packte ihr die Alte gar viel köstliches Gerät und Geschmeide ein, Gold und Silber, Becher und Kleinode, kurz, alles, was nur zu einem königlichen Brautschatz gehörte, denn sie hatte ihr Kind von Herzen lieb. Auch gab sie ihr eine Kammerjungfer bei, welche mitreiten und die Braut in die Hände des Bräutigams überliefern sollte, und jede bekam ein Pferd zur Reise, aber das Pferd der Königstochter hieß Falada und konnte sprechen. Wie nun die Abschiedsstunde da war, begab sich die alte Mutter in ihre Schlafkammer, nahm ein Messerlein und schnitt damit in ihre Finger, dass sie bluteten; darauf hielt sie ein weißes Läppchen unter und ließ drei Tropfen Blut hineinfallen, gab sie der Tochter und sprach: »Liebes Kind, verwahre sie wohl, sie werden dir unterweges Not tun.«

Also nahmen beide voneinander betrübten Abschied; das Läppchen steckte die Königstochter in ihren Busen vor sich, setzte sich aufs Pferd und zog nun fort zu ihrem Bräutigam. Da sie eine Stunde geritten waren, empfand sie heißen Durst und sprach zu ihrer Kammerjungfer: »Steig ab und schöpfe mir mit meinem Becher, den du für mich mitgenommen hast, Wasser aus dem Bache, ich möchte gern einmal trinken.«

»Wenn Ihr Durst habt«, sprach die Kammerjungfer, »so steigt selber ab, legt Euch ans Wasser und trinkt, ich mag Eure Magd nicht sein.«

Da stieg die Königstochter vor großem Durst herunter, neigte sich über das Wasser im Bach und trank und durfte nicht aus dem goldenen Becher trinken. Da sprach sie: »Ach Gott!«

Da antworteten die drei Blutstropfen: »Wenn das deine Mutter wüsste, das Herz im Leibe tät ihr zerspringen.«

Aber die Königsbraut war demütig, sagte nichts und stieg wieder zu Pferd.

So ritten sie etliche Meilen weiter fort, aber der Tag war warm, die Sonne stach und sie dürstete bald von neuem. Da sie nun an einen Wasserfluss kamen, rief sie noch einmal ihrer Kammerjungfer: »Steig ab und gib mir aus meinem Goldbecher zu trinken«, denn sie hatte aller bösen Worte längst vergessen.

Die Kammerjungfer sprach aber noch hochmütiger: »Wollt Ihr trinken, so trinkt allein, ich mag nicht Eure Magd sein.«

Da stieg die Königstochter hernieder vor großem Durst, legte sich über das fließende Wasser, weinte und sprach: »Ach Gott!«

Und die Blutstropfen antworteten wiederum: »Wenn das deine Mutter wüsste, das Herz im Leibe tät ihr zerspringen.«

Und wie sie so trank und sich recht überlehnte, fiel ihr das Läppchen, worin die drei Tropfen waren, aus dem Busen und floss mit dem Wasser fort, ohne dass sie es in ihrer großen Angst merkte. Die Kammerjungfer hatte aber zugesehen und freute sich, dass sie Gewalt über die Braut bekäme: denn damit, dass diese die Blutstropfen verloren hatte, war sie schwach und machtlos geworden.

Als sie nun wieder auf ihr Pferd steigen wollte, das da hieß Falada, sagte die Kammerfrau: »Auf Falada gehör ich und auf meinen Gaul gehörst du«, und das musste sie sich gefallen lassen. Dann befahl ihr die Kammerfrau mit harten Worten, die königlichen Kleider auszuziehen und ihre schlechten anzulegen, und endlich musste sie sich unter freiem Himmel verschwören, dass sie am königlichen Hof zu keinem Menschen etwas davon sprechen wollte; und wenn sie diesen Eid nicht abgelegt hätte, wäre sie auf der Stelle umgebracht worden. Aber Falada sah das alles an und nahm 's wohl in Acht. Die Kammerfrau stieg nun auf Falada und die wahre Braut auf das schlechte Ross und so zogen sie weiter, bis sie endlich in dem königlichen Schloss eintrafen.

Da war große Freude über ihre Ankunft und der Königssohn sprang ihnen entgegen, hob die Kammerfrau vom Pferde und meinte, sie wäre seine Gemahlin; sie ward die Treppe hinaufgeführt, die wahre Königstochter aber musste unten stehen bleiben. Da schaute der alte König am Fenster und sah sie im Hof halten und sah, wie sie fein war, zart und gar schön; ging alsbald hin ins königliche Gemach und fragte die Braut nach der, die sie bei sich hätte und da unten im Hofe stände und wer sie wäre.

»Die hab ich mir unterwegs mitgenommen zur Gesellschaft; gebt der Magd was zu arbeiten, dass sie nicht müßig steht.«

Aber der alte König hatte keine Arbeit für sie und wusste nichts, als dass er sagte: »Da hab ich so einen kleinen Jungen, der hütet die Gänse, dem mag sie helfen.«

Der Junge hieß Kürdchen (Konrädchen), dem musste die wahre Braut helfen Gänse hüten.

Bald aber sprach die falsche Braut zu dem jungen König: »Liebster Gemahl, ich bitte Euch, tut mir einen Gefallen.«

Er antwortete: »Das will ich gerne tun.«

»Nun, so lasst den Schinder rufen und da dem Pferde, worauf ich hergeritten bin, den Hals abhauen, weil es mich unterweges geärgert hat.«

Eigentlich aber fürchtete sie, dass das Pferd sprechen möchte, wie sie mit der Königstochter umgegangen war. Nun war das so weit geraten, dass es geschehen und der treue Falada sterben sollte, da kam es auch der rechten Königstochter zu Ohr und sie versprach dem Schinder heimlich ein Stück Geld, das sie ihm bezahlen wollte, wenn er ihr einen kleinen Dienst erwiese.

In der Stadt war ein großes finsteres Tor, wo sie abends und morgens mit den Gänsen durch musste, unter das finstere Tor möchte er dem Falada seinen Kopf hinnageln, dass sie ihn doch noch mehr als einmal sehen könnte. Also versprach das der Schindersknecht zu tun, hieb den Kopf ab und nagelte ihn unter das finstere Tor fest.

Des Morgens früh, da sie und Kürdchen unterm Tor hinaustrieben, sprach sie im Vorbeigehen:

»O du Falada, da du hangest«,

da antwortete der Kopf:

»O du Jungfer Königin,
Da du gangest,
Wenn das deine Mutter wüsste,
Ihr Herz tät ihr zerspringen.«

Da zog sie still weiter zur Stadt hinaus und sie trieben die Gänse aufs Feld. Und wenn sie auf der Wiese angekommen war, saß sie nieder und machte ihre Haare auf, die waren eitel Gold und Kürdchen sah sie und freute sich, wie sie glänzten, und wollte ihr ein paar ausraufen. Da sprach sie:

»Weh, weh, Windchen,
Nimm Kürdchen sein Hütchen,
Und lass 'n sich mit jagen,
Bis ich mich geflochten und geschnatzt
Und wieder aufgesatzt.«

Und da kam ein so starker Wind, dass er dem Kürdchen sein Hütchen wegwehte über alle Land, und es musste ihm nachlaufen. Bis es wiederkam, war sie mit dem Kämmen und Aufsetzen fertig und er konnte keine Haare kriegen. Da war Kürdchen bös und sprach nicht mit ihr; und so hüteten sie die Gänse, bis dass es Abend ward, dann gingen sie nach Haus.

Den andern Morgen, wie sie unter dem finstern Tor hinaustrieben, sprach die Jungfrau:

»O du Falada, da du hangest.«

Falada antwortete:

»O du Jungfer Königin,
Da du gangest,
Wenn das deine Mutter wüsste,
Das Herz tät ihr zerspringen.«

Und in dem Feld setzte sie sich wieder auf die Wiese und fing an, ihr Haar auszukämmen, und Kürdchen lief und wollte danach greifen, da sprach sie schnell:

»Weh, weh, Windchen,
Nimm Kürdchen sein Hütchen,
Und lass 'n sich mit jagen,
Bis ich mich geflochten und geschnatzt
Und wieder aufgesatzt.«

Da wehte der Wind und wehte ihm das Hütchen vom Kopf weit weg, dass Kürdchen nachlaufen musste; und als es wiederkam, hatte sie längst ihr Haar zurecht und es konnte keins davon erwischen; und so hüteten sie die Gänse, bis es Abend ward. Abends aber, nachdem sie heimgekommen waren, ging Kürdchen vor den alten König und sagte: »Mit dem Mädchen will ich nicht länger Gänse hüten.«

»Warum denn?«, fragte der alte König.

»Ei, das ärgert mich den ganzen Tag.«

Da befahl ihm der alte König zu erzählen, wie 's ihm denn mit ihr ginge. Da sagte Kürdchen: »Morgens, wenn wir unter dem finstern Tor mit der Herde durchkommen, so ist da ein Gaulskopf an der Wand, zu dem redet sie:

›Falada, da du hangest.‹

Da antwortet der Kopf:

›O du Königsjungfer,
Da du gangest,
Wenn das deine Mutter wüsste,
Das Herz tät ihr zerspringen.‹«

Und so erzählte Kürdchen weiter, was auf der Gänsewiese geschähe und wie es da dem Hut im Winde nachlaufen müsste.

Der alte König befahl ihm, den nächsten Tag wieder hinauszutreiben, und er selbst, wie es Morgen war, setzte sich hinter das finstere Tor und hörte da, wie sie mit dem Haupt des Falada sprach; und dann ging er ihr auch nach in das Feld und barg sich in einem Busch auf der Wiese. Da sah er nun bald mit seinen eigenen Augen, wie die Gänsemagd und der Gänsejunge die Herde getrieben brachten und wie nach einer Weile sie sich setzte und ihre Haare losflocht, die strahlten von Glanz. Gleich sprach sie wieder:

»Weh, weh, Windchen,
Fass Kürdchen sein Hütchen,
Und lass 'n sich mit jagen,
Bis dass ich mich geflochten und geschnatzt
Und wieder aufgesatzt.«

Da kam ein Windstoß und fuhr mit Kürdchens Hut weg, dass es weit zu laufen hatte, und die Magd kämmte und flocht ihre Locken still fort, welches der alte König alles beobachtete.

Darauf ging er unbemerkt zurück und als abends die Gänsemagd heimkam, rief er sie beiseite und fragte, warum sie dem allem so täte.

»Das darf ich Euch nicht sagen und darf auch keinem Menschen mein Leid klagen, denn so hab ich mich unter freiem Himmel verschworen, weil ich sonst um mein Leben gekommen wäre.«

Er drang in sie und ließ ihr keinen Frieden, aber er konnte nichts aus ihr herausbringen. Da sprach er: »Wenn du mir nichts sagen willst, so klag dem Eisenofen da dein Leid«, und ging fort.

Da kroch sie in den Eisenofen, fing an zu jammern und zu weinen, schüttete ihr Herz aus und sprach: »Da sitze ich nun, von aller Welt verlassen, und bin doch eine Königstochter und eine falsche Kammerjungfer hat mich mit Gewalt dahin gebracht, dass ich meine königlichen Kleider habe ablegen müssen, und hat meinen Platz bei meinem Bräutigam eingenommen und ich muss als Gänsemagd gemeine Dienste tun. Wenn das meine Mutter wüsste, das Herz im Leib tät ihr zerspringen.«

Der alte König stand aber außen an der Ofenröhre, lauerte ihr zu und hörte, was sie sprach. Da kam er wieder herein und hieß sie aus dem Ofen gehen. Da wurden ihr königliche Kleider angetan und es schien ein Wunder, wie sie so schön war.

Der alte König rief seinen Sohn und offenbarte ihm, dass er die falsche Braut hätte: die wäre bloß ein Kammermädchen, die wahre aber stände hier, als die gewesene Gänsemagd. Der junge König war herzensfroh, als er ihre Schönheit und Tugend erblickte, und ein großes Mahl wurde angestellt, zu dem alle Leute und guten Freunde gebeten wurden. Obenan saß der Bräutigam, die Königstochter zur einen Seite und die Kammerjungfer zur andern, aber die Kammerjungfer war verblendet und erkannte jene nicht mehr in dem glänzenden Schmuck.

Als sie nun gegessen und getrunken hatten und guten Muts waren, gab der alte König der Kammerfrau ein Rätsel auf, was eine solche wert wäre, die den Herrn so und so betrogen hätte, erzählte damit den ganzen Verlauf und fragte: »Welches Urteils ist diese würdig?«

Da sprach die falsche Braut: »Die ist nichts Besseres wert, als dass sie splitternackt ausgezogen und in ein Fass gesteckt wird, das inwendig mit spitzen Nägeln beschlagen ist; und zwei weiße Pferde müssen vorgespannt werden, die sie Gasse auf Gasse ab zu Tode schleifen.«

»Das bist du«, sprach der alte König, »und hast dein eigen Urteil gefunden und danach soll dir widerfahren.«

Und als das Urteil vollzogen war, vermählte sich der junge König mit seiner rechten Gemahlin und beide beherrschten ihr Reich in Frieden und Seligkeit.

[Märchen der Brüder Grimm]

Das Mondross

Es war einmal, wo es nicht war, denn der Lügen gibt es ja viel hier auf Erden. Es war einmal ein Padischah. Wie es nun geschah, genug, er suchte und fand einmal eine – Laus. In damaliger Zeit wusste man noch nicht, was eine Laus ist.

Der Padischah rief seine Ratgeber herbei, die guckten sich das Tierchen an, was das wohl sein könne und womit es sich nähre? Vielleicht gar mit Menschenblut? Jeden Tag schlachteten sie daher ein Tier, nährten mit demselben die Laus, die solange wuchs, bis sie so groß wie eine Katze war. Dann zogen sie ihr das Fell ab, hingen dasselbe ans Tor des Palastes und ließen verkünden: dass wer es errate, von welchem Tier das Fell sei, der würde des Padischahs Tochter zur Gemahlin erhalten.

Viel Volk versammelte sich, man guckte sich das Fell von allen Seiten an, aber es fand sich niemand, der Antwort auf die Frage geben konnte. Die Kunde von diesem Fell verbreitete sich überall, so dass auch ein Dew davon erfuhr.

»Das kommt mir gerade recht«, dachte er sich, »seit drei Tagen habe ich nicht gegessen, wenigstens sättige ich mich an der Sultanstochter.«

Er ging also zum Padischah, sagte ihm den Namen des Felles und verlangte sofort die Jungfrau.

»O weh!«, jammerte der Padischah, »wie soll ich diesem Dew meine einzige Tochter geben!«

Er versprach ihm als Lösegeld für seine Tochter so viele Sklaven, als er nur haben wollte, aber alles vergebens, denn ihn gelüstete es nach der Sultanstochter. Der Padischah ließ seine Tochter herbeirufen und teilte ihr mit, dass sie sich zur Reise rüsten solle, denn ihr Kismet (Schicksal) habe sie einem Dew bestimmt. Vergeblich war alles Jammern und Weinen; man kleidete die Jungfrau an, während der Dew vorausging, um auf dem Wege die Jungfrau zu erwarten und zu übernehmen.

Der Padischah hatte ein Ross, das man statt mit Wasser stets mit Rosenöl tränkte, dem man anstatt Heu stets Weinreben zu fressen gab. Mondross war sein Name. Auf diesem Rosse wollte die Sultanstochter sich zum Dew begeben. Sie wurde aufs Ross gesetzt, Reiter gaben ihr das Geleit bis zur Wohnung des Dew. Als sie sich dem Dew näherten, kehrten die Reiter um und ließen die Jungfrau auf dem Rosse zurück. Diese begann zu beten, zu Allah zu flehen, damit er sie von dieser Teufelsbrut befreie. Da begann plötzlich das Mondross zu sprechen: »O Herrin, fürchte dich nicht! Schließe beide Augen und packe meine Mähne fest an.«

Kaum schloss sie ihre Augen, so erhob sich das Ross, flog mit ihr von dannen und als sie die Augen öffnete, befand sie sich in einem Garten vor einem schönen Palaste, auf einer Insel weit draußen im Meer. Der Dew ärgerte sich über das Verschwinden der Jungfrau.

»Ich werde dich schon finden!«, murmelte er und trollte sich heim.

In der Nähe der Insel fuhr in einem Kahn ein Prinz mit seinem Ratgeber. Da erblickte er auf dem Meeresspiegel den Widerschein des goldenen Rosses. Da sprach er zu seinem Ratgeber, er wolle nachsehen, ob jemand in seinen Palast gegangen sei. Er stieg aus dem Kahn und trat in den Garten des Palastes. Dort erblickte er die mondschöne Sultanstochter und wie sehr sie auch ihr Antlitz mit dem Schleier zu verhüllen suchte, so konnte sie doch ihre Schönheit nicht verbergen.

»Ei, Peri«, sprach der Prinz, »fürchte dich nicht vor mir, ich bin nicht dein Feind!« – »Ich bin eine arme Sultanstochter, ein Menschenkind, keine Peri«, antwortete die Jungfrau und erzählte dem Prinzen, was mit ihr geschehen, wie sie sich vor dem Dew gerettet habe. Der Prinz erzählte ihr, sein Vater sei auch ein Padischah, ihr Reich sei hier in der Nähe. Wenn sie wolle, so führe er sie hin und nehme sie auf Allahs Befehl zur Gemahlin. Sie gingen also alle zum Padischah, dem der Prinz die Geschichte der Jungfrau erzählte. Da wurde die Hochzeit gefeiert, vierzig Tage lang dauerte die Lustbarkeit.

Ihre Glückseligkeit war anhaltend, denn niemand störte sie darin. Einmal aber verwickelte sich der Padischah in einen Krieg mit dem Nachbarreich und weil in der damaligen Zeit die Padischah selbst kämpften, so rüstete er sich auf den Weg. Der Prinz wollte mit seinem Vater in den Krieg ziehen. Doch der Padischah willigte nicht ein und sagte zu seinem Sohne: »Du bist jung, du hast auch eine Gattin, die du nicht verlassen darfst.«

Aber der Sohn bat solange, bis der Padischah endlich zu Hause blieb und der Prinz zu Felde zog.

Der Dew wusste sogleich, dass der Prinz sich im Kriege befinde und er erfuhr auch, dass während seiner Abwesenheit die Gattin ihm einen Sohn und eine Tochter geboren habe. Tataren kamen und gingen mit Briefen vom Padischah zum Prinzen, vom Prinzen zum Padischah. Gerade zu dieser Zeit siedelte der Dew in diese Gegend über, als der Padischah seinem Sohn brieflich mitteilte, dass seine Gattin zwei Kinder geboren habe. Der Dew sah nun die tatarischen Briefträger und lud sie zu einem Kaffee in sein Haus. Sie getrauten sich nicht, ihm nein zu sagen. Der Dew hielt sie mit Reden und mit Kaffee solange bei sich, bis der Abend anbrach. Die Tataren wollten nun mit dem Brief davoneilen, aber der Dew gab es nicht zu, dass sie zur Nachtzeit reisten. Um Mitternacht nahm nun der Dew ihren Briefsack hervor und fand des Padischahs Brief. Schnell zerriss er ihn und schrieb stattdessen: »Zwei Hundejungen hat deine Gattin geboren, sollen wir sie wegwerfen oder behalten, bis du heimkehrst?«

In der Frühe standen die Tataren auf und eilten damit ins Lager des Prinzen. Sie übergaben ihm den Brief und als er denselben gelesen hatte, schrieb er zur Antwort: »Schah, mein Vater! Die beiden Hundejungen meiner Gattin vernichte nicht, nähre sie, bis ich heimkehre.«

Hiermit kehrten die Tataren wieder zurück.

Auf der Rückfahrt rief der Dew sie wieder zu sich herein, auf einen Kaffee und hielt sie bis nächsten Morgen bei sich. Er öffnete den Brief des Prinzen, zerriss ihn und schrieb stattdessen: »Schah, mein Vater! Nimm meine Gattin und meine beiden Kinder und wirf sie ins Gebirge, damit sie dort zugrunde gehen. Das Mondross aber fessle mit einer tausend Zentner schweren Kette.«

Am nächsten Tage nahmen die beiden Tataren den Brief und übergaben ihn dem Padischah. Als des Prinzen Gattin die Tataren erblickte, eilte sie hocherfreut zum Padischah, damit er ihr die Briefe des Gatten zeige. Der Padischah getraute sich nicht, ihr die Briefe zu zeigen, er leugnete, dass die Tataren Briefe gebracht haben!

Die Frau sprach: »Ich habe ja die Briefe mit meinen eigenen Augen gesehen. Vielleicht ist dem Prinzen ein Unfall zugestoßen und du verheimlichst es mir. Da erblickte sie unter dem Knie des Padischah den Brief, riss ihn an sich und las nun denselben. Bitterlich weinte die arme Frau und vergeblich tröstete sie der Padischah und wollte sie zurückhalten; aber sie blieb keinen Augenblick länger im Hause. Sie nahm ihre beiden Kinder und ging in die weite Welt. Einen Tag, zwei Tage, eine Woche, zwei Wochen lang, hatte sie für ihren Hunger keine Speise, kein Bett für ihren müden Körper. Ihre Milch versiegte, sie konnte ihre Kinder nicht ernähren und war vom Wandern so müde, dass sie keinen Schritt mehr tun konnte.

»O mein Herr, mein Schöpfer«, flehte die arme Frau, »erhalte meine Kinder, lass sie nicht vor Hunger sterben!«

Und wie sie da saß mit ihren Kindern, sprudelte Wasser aus der Erde hervor und Mehl fiel vom Himmel herab. Sie nahm nun Mehl und Wasser, knetete einen Teig und speiste damit ihre Kinder.

Inzwischen erfuhr der Dew das Los der Frau und ihrer Kinder und machte sich nun auf den Weg, um ihre Kinder zu vernichten. Des Prinzen Gattin erblickte den Dew und in ihrer schrecklichen Angst rief sie: »Eile, mein Mondross, denn ich sterbe!«

In fernem Lande hörte es das Mondross, es rüttelte einmal an der tausend Zentner schweren Kette, aber es konnte dieselbe nicht zerreißen. Je mehr sich der Dew näherte, desto größer war die Angst der Frau. Ihre beiden Kinder im Arme haltend rief sie in ihrer Verzweiflung erneut das Ross. Das gefesselte Mondross riss noch stärker an der Kette, konnte sie aber nicht zerreißen. Der Dew war ihr schon ganz nahe, da rief sie noch einmal mit letzter Kraft. Da nahm das Mondross seine ganze Kraft zusammen, riss die tausend Zentner schwere Kette entzwei und erschien bei der Frau.

»O Herrin«, sprach es, »fürchte dich nicht, schließe beide Augen und packe meine Mähne fest an!«

Und sie befanden sich in fernem Lande, jenseits des Meeres. Der Dew trollte sich abermals hungrig davon.

Das Mondross führte die Frau in sein eigenes Reich. Doch es fühlte, dass seine letzte Stunde geschlagen hatte und sagte der Frau, dass es bald sterben werde. Des Prinzen Gattin bat das Mondross, dass es sie mit ihren Kindern nicht allein lassen solle, wer würde sie dann vor dem Dew schützen.

»Fürchte dich nicht«, tröstete sie das Ross, »hier wird dir kein Unheil begegnen. Wenn ich gestorben bin, schneide mein Haupt ab und stecke es in die Erde. Meinen Bauch schlitze auf und das Ende meiner Gedärme binde an eines meiner Ohren, mit dem andern Ende aber umkreise diesen Berg und binde es an das andere Ohr. Wenn du damit fertig bist, lege dich mitsamt deinen Kindern in meinen Magen.« Hierauf sank das Mondross nieder und starb.

Die Frau befolgte den Rat des Mondrosses, legte sich zum Schluss mit ihren Kindern in den Magen des Rosses, wo sie einschlief. Als sie erwachte, sah sie sich in einem so schönen Palaste, wie weder ihr Vater, noch ihr Gatte besaßen. Sie lag in einem schönen Bette und kaum dass sie sich erhob, brachten viele Diener Wasser herbei. Die einen badeten sie, die anderen trockneten sie ab, andere wieder kleideten sie an. Ihre beiden Kinder lagen in einer goldenen Wiege, Ammen umstanden sie, sangen sie mit Schlummerliedern ein und stillten sie. Zur Essenzeit brachte man viele goldene Schüsseln mit prächtigen Speisen herbei. Sie würde das Ganze für einen Traum gehalten haben, aber Tage vergingen, Wochen vergingen, aus Wochen wurden Monate, aus Monaten wurde ein Jahr.

Der Prinz hatte indessen den Feldzug beendet. Und als er nun eilig heimkehrte, fand er seine Gattin nicht mehr vor. Er frug seinen Vater, wo seine Gattin und die von ihr geborenen Tierkinder sich befänden. Der Padischah erstaunte über diese sonderbare Rede. Doch machen wir die Sache kurz; er nahm die Briefe hervor, sie ließen die Tataren herbeirufen und nun erfuhren sie, dass der Dew sie betrogen habe. Der Prinz hatte keine Ruhe mehr und in Begleitung seines Ratgebers machte er sich auf den Weg, um seine Gattin zu suchen.

Sie wanderten und wanderten in einem fort. Nirgends hielten sie Rast, über Berg und Tal zogen sie weiter. Eines Tages gelangten sie an den Fuß eines Berges, von wo man des Mondrosses Palast sehen konnte. Der Prinz hatte keine Kraft mehr zum Weitergehen und sagte zu seinem Ratgeber: »Geh in jenen Palast, verlang ein Stück Brot und Wasser, damit wir unseren Weg fortsetzen können.« Der Ratgeber ging also zum Palast und als er das Tor desselben erreichte, empfingen ihn zwei Kinder, luden ihn in den Palast ein, damit er sich bei ihnen ausruhe. Er trat ein, aber des Gemaches Fußboden war so schön, dass er sich kaum getraute aufzutreten. Die Kinder baten ihn, er solle sich auf das Sofa setzen und brachten ihm Speisen und Getränke. Der Ratgeber wollte nicht zugreifen; er sagte, dass er einen müden Sohn habe dort draußen vor dem Tore und diesem wolle er vorher etwas von den Speisen hinaustragen.

»O Väterchen Derwisch«, baten die Kinder, »vorher sättige du dich, dann kannst du auch deinem Sohn etwas bringen.«

Er ließ sich nun nicht länger nötigen, aß und trank, schlürfte den Kaffee und während er sich zur Rückkehr zum Prinzen rüstete, erzählten die Kinder ihrer Mutter von ihm. Die Frau blickte zum Fenster hinaus und erkannte den Prinzen, ihren Gatten. Sie selbst suchte die Speisen aus, legte sie in goldene Gefäße und schickte sie durch den Ratgeber ihrem Gemahl hinaus. Der Prinz staunte über die vielen goldenen und silbernen Gefäße und über die herrlichen Speisen. Er hob den Deckel von den Gefäßen und siehe da! Als ob sie Füße hätten, rollten sie zurück in den Palast. Er aß aus der Schüssel die Speisen und auch diese rollte dann zurück. Dann kam aus dem Palaste ein Diener und rief die Reisenden zu einem Kaffee.

Indessen nahm die Frau ihre beiden Kinder zur Hand, gab ihnen je ein hölzernes Pferd und rief sie zum Tore, damit sie die Gäste empfingen.

»Wenn der Derwisch mit seinem Sohne kommt«, sprach die Mutter zu ihnen, »führt ihn in dies und dies Gemach.«

Es kam der Derwisch mit seinem Sohne heran und die beiden Kinder auf den Holzpferden empfingen sie mit einem Gruß und führten sie ins Gemach. Die Frau nahm wieder einige Schüsseln mit Speisen hervor und sprach zu ihren beiden Kindern: »Gehet, tragt dies zu den Gästen und nötigt sie zu essen. Wenn sie euch dann herbeirufen, so sagt ihnen, dass ihr schon satt seid, aber vielleicht sind eure Pferde hungrig, und lehnt dann eure beiden Holzpferde an den Tisch. Sie werden dann sagen, wie kann ein Holzstück denn essen? Ihr antwortet darauf: …« und sie flüsterte den Kindern etwas zu.

Die beiden Kinder taten, wie ihnen die Mutter befohlen hatte. Sie begrüßten die Gäste, führten sie in ein Gemach des Palastes und nötigten sie zu essen.

»Esset auch, ihr Kinder«, sagten sie zu den Kindern.

»Wir sind schon satt«, antworteten diese, »aber unsere Pferde sind vielleicht hungrig.«

Damit lehnten sie ihre beiden Holzpferde an den Tisch.

»Ei, Kinder«, sagte der Prinz, »hölzerne Pferde essen ja keine Speisen.« – »Das weißt du«, antworteten die beiden Kinder, »dass ein Holzpferd nicht zu essen pflegt; aber das weißt du nicht, dass ein menschliches Wesen keine Hundejungen zur Welt bringen kann!«

Der Prinz sprang auf, umarmte seine beiden Kinder und als er seine eintretende Gattin erblickte, stürzte er Verzeihung flehend vor sie hin. Sie erzählten nun einander, was sie betroffen hatte, und der Prinz freute sich so sehr, dass er schon nicht mehr wusste, wen er herzen sollte. Er zog nun mit seiner Frau und seinen Kindern heim in sein Reich. Als sie ein Stück Weges gegangen waren, blickten sie zurück und über die Stätte, wo der Palast gewesen, streifte der Wind, als ob dort nie ein Gebäude gestanden hätte. Der Prinz fing den am Wege lauernden Dew, tötete ihn und in Freude und Lust kehrten sie heim. Der alte Padischah starb bald darauf, so wurde der Sohn das Haupt des Reiches und ein gerechter Padischah.

Drei Äpfel fallen vom Himmel. Der eine gehört dem Märchenerzähler, der zweite dem Zuhörer, der dritte nun gehört mir.

[Märchen aus der Türkei]

Die Dämonischen

Das Hexenpferd

Die Geschichte von Morty Sullivan mag allen jungen Leuten zur Warnung dienen, in der Heimat zu bleiben, sich still und redlich zu nähren und nicht in der Welt umherzuziehen. Als Morty eben das fünfzehnte Jahr erreicht hatte, lief er seinen Eltern fort, die ein altes, ehrenwertes Paar waren und seinetwegen mehr als eine Träne vergossen. Alles, was sie von ihm in Erfahrung bringen konnten, war, dass er an Bord eines nach Amerika bestimmten Schiffes gegangen wäre. Der Kummer über seinen Verlust brach ihnen das Herz.

Dreißig Jahre, nachdem sich die Alten in das stille Grab gelegt hatten, kam ein Fremder nach Beerhaven und erkundigte sich nach ihnen; es war ihr Sohn Morty und, um die Wahrheit zu sagen, sein Herz schien kummervoll, als er hörte, dass Vater und Mutter längst gestorben wären. Doch welche Antwort konnte er sonst erwarten? Reue kommt gewöhnlich, wenn es zu spät ist.

Indessen ward dem Morty Sullivan zur Buße für seine Sünden eine Wallfahrt nach der Kapelle der heiligen Gobnate angeraten; dies ist ein öder Platz, Ballyvourney genannt.

Er war sogleich bereit dazu und in der Absicht, keine Stunde zu verlieren, fing er noch denselben Nachmittag seine Reise an. Er war noch nicht sehr weit gekommen, als schon die Nacht anbrach. Es schien kein Mond und das Sternenlicht verdunkelte sich von dickem Nebel, der in den Tälern aufstieg. Der Weg ging durch eine Berggegend mit vielen Kreuzwegen und Nebenpfaden, so dass es einem Fremden wie Morty schwer fiel, ohne Führer sich zurechtzufinden. So groß sein Eifer war, das Ziel seiner Wallfahrt zu erreichen und so sehr er sich selbst antrieb, wurde er doch, als die Nebel immer dichter und dichter wurden, zuletzt ungewiss, ob er auf dem rechten Wege sei. Als er daher ein Licht erblickte, welches ihm nicht weit entfernt schien, ging er darauf zu und wie er sich ganz nahe dabei glaubte, so schien das Licht plötzlich wieder in weiter Entfernung zu sein und schimmerte nur ganz schwach durch den Nebel. So sehr auch Morty darüber erstaunte, ward er doch dadurch keineswegs entmutigt, denn er dachte, das sei ein Licht, welches die heilige Gobnate gesendet habe, um seine Füße sicher durch das Gebirge zu ihrer Kapelle zu leiten.

So ging er noch einige Stunden fort, immer, wie er glaubte, dem Lichte sich nähernd, welches plötzlich in eine weite Entfernung gesprungen war. Endlich kam er doch so nah, dass er bemerkte, das Licht rühre von einem Feuer, neben welchem er deutlich ein altes Weib sitzen sah. Jetzt, in der Tat, wurde sein Glaube ein wenig erschüttert und es nahm ihn sehr wunder, dass beides, das Feuer und das alte Weib, vor ihm hergezogen waren, so manche saure Stunde und über so holprigen Weg.

»Im Namen der heiligen Gobnate«, rief Morty, »und ihres Lehrers, des heiligen Abban! Wie kann ein brennendes Feuer sich so schnell vor mir herbewegen und wie kann das alte Weib neben dem springenden Feuer sitzen!«

Kaum waren diese Worte über seine Lippen, als er sich, ohne nur noch einen Schritt zu tun, nahe bei dem wunderbaren Feuer befand, neben welchem das Weib saß und sein Abendessen kaute. Bei jeder Bewegung ihrer alten Kinnbacken richteten sich ihre Augen zornig auf Morty, als fürchtete sie, gestört zu werden. Er sah mit dem höchsten Erstaunen, dass ihre Augen weder schwarz noch blau noch grau noch nussbraun waren wie menschliche Augen, sondern von einer seltsam roten Farbe, gleich den Augen des Wiesels. Wenn er sich zuvor über das Feuer wunderte, so war seine Verwunderung über das Wesen des alten Weibes noch viel größer und bei aller natürlichen Unerschrockenheit konnte er sie doch nicht ohne Furcht ansehen, denn er urteilte und zwar mit Recht, dass sie eines guten Vorhabens wegen nicht an einem so einsamen Ort ihr Abendessen verzehre, zumal so spät, denn es war nahe an

Mitternacht. Sie sprach kein Wort, sondern kaute und kaute, während Morty sie schweigend betrachtete.

»Wie heißt Ihr?«, rief zuletzt die Hexe und ein Schwefelgeruch kam aus ihrem Mund, wobei sie die Nüstern aufblies und ihre Augen noch mehr funkelten, nachdem sie die Frage getan hatte.

Seine ganze Herzhaftigkeit aufbietend, antwortete er:

»Morty Sullivan, Euch zu dienen«; doch waren die letzten Worte bloß als eine Höflichkeit gemeint.

»Hoho!«, rief die Alte, »das wird sich bald zeigen!«

Und das rote Feuer ihrer Augen verwandelte sich in Blassgrün. So kühn und furchtlos Morty auch war, zitterte er doch heftig, als er den grauenhaften Ruf vernahm. Er wollte auf seine Knie fallen und die heilige Gobnate oder sonst einen Heiligen anrufen, war aber dermaßen vor Schrecken erstarrt, dass er sich nicht im Geringsten rühren konnte, geschweige auf seine Knie fallen.

»Fasst meine Hand, Morty«, sagte die Alte, »ich will Euch ein Ross reiten lassen, das Euch bald an das Ziel Eurer Reise bringen soll.«

Mit diesen Worten führte sie ihn auf den Weg und das Feuer ging vor ihnen her. Es übersteigt menschlichen Verstand, zu sagen, wie es ging, aber es ging fort, leuchtende Flammenzungen ausstreckend und heftig prasselnd.

Jetzt gelangten sie zu einer natürlichen Höhle an einer Bergwand. Die Alte rief laut mit einer kreischenden Stimme nach ihrem Pferd. In einem Augenblick brauste ein pechschwarzes Ross aus seinem dunklen Stall hervor und der Felsenboden ertönte schauerlich, als die schallenden Hufe darüber herschurrten.

»Aufgesessen! Morty, aufgesessen!«, schrie die Hexe und, mit übernatürlicher Kraft ihn packend, zwang sie ihn, sich auf den Rücken des Pferdes zu setzen. Morty fand hier menschlichen Widerstand vergeblich, murmelte: »O! hätte ich nur Sporn!«, und versuchte in die Mähne des Rosses zu greifen, doch griff er nach einem Schatten, welcher ihn gleichwohl aufnahm, mit ihm fortsprengend bald über einen gefährlichen Abgrund setzte, bald über das wild zerrissene Bett eines Flusses wegflog und gleich einem dunkeln, mitternächtigen Strom durch das Gebirge rauschte.

Am folgenden Morgen ward Morty Sullivan von einigen Wallfahrern entdeckt, welche von ihrem Umgang um den See Gougane Barra zurückkamen. Er lag, auf dem Rücken ausgestreckt, unter einem steilen Abhang, von welchem ihn die Phuka herabgeschleudert hatte. Morty war durch den Fall hart beschädigt und er soll auf der Stelle bei der Hand des O'Sullivan, und das ist kein geringer Eid, gelobt haben, niemals wieder die volle Flasche mit auf die Wallfahrt zu nehmen.

[Märchen aus Irland]

Zar Oley und sein Ross

Zar Oley winkte und sein Stallmeister führte das edle, schöne Leibross des Zaren vor. Eben als Zar Oley es besteigen wollte, trat ein altes Mütterchen herzu und sprach: »Zar Oley, besteige nicht dein Leibross.«

Aber der Zar hörte nicht, was das alte Mütterchen sagte, sondern schwang sich auf das schnaubende Tier und sprengte mit seinem Gefolge aus seinem Palast. Hinaus ins Weite, um zu jagen.

Als er an den Eingang des Waldes kam, da kauerte dort wieder am Boden das alte Mütterchen und rief: »Zar Oley, von deinem Rosse droht dir Gefahr!«

Zar Oley erwiderte: »Dieses Ross ist immer treu gewesen und sicher wie kein anderes.«

Und er sprengte an der Alten vorbei in den Wald.

Dort jagte er Wölfe und Bären. Als es Abend wurde, verließ er den Wald, um heimzukehren.

Am Ausgang des Waldes aber kauerte noch immer das alte Mütterchen am Boden und rief: »Zar Oley, durch dein Lieblingsross wirst du sterben!«

Da stieg Zar Oley von seinem Pferde, zog sein Schwert, erstach das edle Tier und sprach: »Nur ein Tor lässt eine dreimalige Warnung unbeachtet, aber nun Mütterchen, habe ich deine Prophezeiung zunichte gemacht!«

Danach ließ er sich ein anderes Pferd geben und ritt weiter.

Am andern Morgen ritt Zar Oley wieder aus, um zu jagen. Als er an die Stelle kam, wo das getötete Ross lag, da lächelte er, stieg vom Pferde, trat herzu und stieß mit dem Fuß an das tote Pferd. Aber o Graus! Aus dem Bauche des toten Tieres schoss eine schwarze, große Schlange hervor, bäumte sich an den Zaren hinauf und biss ihn mit ihren Giftzähnen, dass er ein verlorener Mann war. So fand Zar Oley durch sein Ross den Tod.

[Märchen aus Russland]

Das Pferd der Laima

In der Johannisnacht muss man um zwölf Uhr in den Wald gehen, aus Tränen einen Kreis machen und dann in denselben treten. Alsdann muss man dreimal laut rufen: »Laima, schicke mir dein Ross!«

Hat man dies getan, so erscheint ein Geist von furchtbarem Aussehen, doch darf man vor demselben nicht erschrecken. Der Geist fragt dann: »Was willst du von mir?«

»Du sollst mich tragen«, muss man dann antworten.

»Ich trage dich an den Unglückssee, denn dorthin gehöre ich«, spricht darauf der Geist.

»Nein, du gehörst zum Glückssee und dorthin trage mich«, muss man dann erwidern. Darauf verwandelt sich der Geist in ein feuriges Ross, welches man zu besteigen hat. Von dem Ross wird man dreimal über die ganze Welt getragen und dann zu dem Luftschloss der Laima, welches in ihrem Lustgarten steht. Dort liegen viele Muscheln und man erhält von der Laima die Erlaubnis, eine zu nehmen. In den Muscheln, welche alle das gleiche Aussehen haben, sind verschiedene Dinge enthalten: in der einen liegen Heilmittel gegen Krankheiten, in der anderen ist langes Leben enthalten, in der dritten Klugheit oder Schönheit oder Tugend oder aber Geld, welches sich stets in der Muschel befindet, so oft man dieselbe öffnet und von deren Inhalt nimmt.

Hat man eine Muschel genommen, so wird man von dem Ross wieder zur Stelle in den Wald gebracht. Das Ross wird zum Geist und dieser verschwindet. Fortan ist man im Besitz der Gabe, welche man der Laima verdankt.

[Märchen aus Litauen]

Des Schwarzenbergers Bekehrung

Auf die schöne Tochter seines Bauern vom Wahlhof hatte der Ritter von Schwarzenberg sein lüsternes Auge geworfen. Er verlangte sie in seinen Dienst; aber ihr Vater ließ sie nicht dahin, obgleich er die Härte seines Herrn kannte. Da drohte ihm der Ritter, ihn vom Hofgut zu jagen, wenn er nicht dessen größten und vollsten Kirschbaum fällen und, die Pferde an die Krone gespannt, auf das Schwarzenberger Schloss schleifen würde, ohne eine einzige all der reifen Kirschen zu verletzen.

Ohne Hoffnung, dies zu vollführen, ging der Bauer zu dem Baume, wo ein altes Männlein zu ihm kam und ihn fragte, warum er so betrübt sei. Nachdem es die Ursache erfahren, versprach es, ihm zu helfen. Stracks hieb es den Baum aufs Geschickteste um, rief aus dem Wald drei Kohlrappen herbei und trieb sie dann in Begleitung des Bauern nach dem hoch und steil gelegenen Bergschloss.

Als der Schwarzenberger sie dort ankommen und keine einzige Kirsche verletzt sah, war er höchlich erstaunt; das Männlein aber sprach zu ihm: »Weißt du, wer den Kirschbaum hierher gezogen hat? Der erste Rappe ist dein Vater, der zweite dein Großvater und der dritte dein Urgroßvater, welche die Bedrückung ihrer Untertanen jetzt in der Hölle büßen, und dir geht es einst ebenso, wenn du nicht von deinen Sünden ablässest.«

Da ergriff den Ritter die Furcht des Herrn, er tat Buße und führte fortan ein gottgefälliges Leben.

[Sage aus dem Schwarzwald]

Der verhexte Gaul

Einem Bauern war sein alter Ackergaul verendet. Er zog dem toten Tier die Haut ab und schaffte den Körper hinter die Dreschtenne, um ihn am anderen Tag daselbst zu verscharren. Beim Weggehen bemerkte er, wie eine große Kröte vom Scheunentor herangekrochen kam und unter den toten Gaul schlüpfte.

»Lass dir nur das herrliche Gericht schmecken, morgen werf' ich deinen Leckerbissen in die Grube!«, brummte der Bauer für sich hin.

In der Nacht stieg er in der Tenne auf die Lattenlage hinauf, wo das Getreide zum Dörren liegt, und schlief ein. Um Mitternacht vernahm er ein Geräusch hinter der Tenne, als schlürfe und schleppe sich jemand langsam vorwärts. Er meinte aber, dass es vom Winde käme, der am Scheunentor rüttelte, und kümmerte sich nicht weiter darum.

Nach einer kleinen Weile weckte ihn das Geräusch von neuem. Jetzt erkannte der Bauer, dass jemand vor das Tor der Scheune gestolpert käme und vernahm auch deutlich, wie ein Versuch gemacht wurde, das Tor zu öffnen. Der Bauer vermeinte, er werde es mit einem Diebe zu tun bekommen, behielt das Tor scharf im Auge und sah, wie es sich auftat und im weißen Licht des Mondes sein toter Gaul hereintrat. Bei diesem schrecklichen Anblick stieg ihm das Haar zu Berge und er verbarg sich in dem finstersten Winkel.

Der tote Gaul durchsuchte schnüffelnd und schnarchend die Tenne. Als er zu merken schien, dass der Bauer sich oben versteckt halte, begann er mit den Vorder- und Hinterfüßen so heftig gegen die Dörrstangen zu schlagen, dass die ganze Tenne davon widerhallte. Schon brach eine von den Stützstangen, bald die zweite und dritte und des Bauern Angst stieg mit jedem Schlage, den der Gaul wie mit einem Schmiedehammer gegen die Stangen führte. Drei Stangen waren noch unversehrt und auf diese schlug jetzt das böse Geschöpf mächtig los. Es währte nicht lange, da brachen auch sie, – dem Bauern aber gelang es zum Glück, sich an dem Streckbalken festzuklammern. Bald erlahmten aber seine Hände und wäre er jetzt niedergefallen, so hätte ihn der Gaul sogleich totgeschlagen. Noch einen Augenblick – und er wird den Balken fahren lassen und herunterstürzen … Da krähte der Hahn!

Der Gaul sank wie ein Fleischklumpen zusammen und der Bauer fiel von oben auf ihn nieder. –

Am anderen Tage scharrte der Bauer den Gaul ein und schlug dreimal mit der Ferse des linken Fußes auf die Grube. Da blieb denn der Gaul auch liegen. Es war aber ein Hexenmeister gewesen, der die Kröte in den Gaul gebannt hatte, um den Bauern in Not zu bringen; denn er hatte einen Hass auf ihn.

[Märchen aus Estland]

Der Nöck

Die Bauern des Sprengels sollten einmal die Umzäunung der Kirche auf Bard in Fljot ausbessern. Eines Morgens früh waren alle zur Stelle, außer einem alten Mann, der als etwas boshaft und wenig umgänglich galt. Es ging auf Mittag, aber der Alte kam nicht und die andern fanden, er ließe reichlich lange auf sich warten. Um Mittag herum sahen sie ihn jedoch endlich kommen, ein graues Pferd hinter sich am Zügel führend. Als der Alte kam, wurde er mit Schimpfworten von den früher Gekommenen empfangen, weil er so spät zur Arbeit kam, die ihm genau so gut wie den andern zukam; er nahm das aber sehr ruhig hin und fragte nur, was er zu tun hätte; und der Zufall wollte, dass er mit denjenigen im Trupp gehen musste, die die Torfstücke und Lehmklumpen heranzuschleppen hatten, aus denen die Umzäunung aufgeführt werden sollte, und damit war der Alte ganz zufrieden.

Das Grauchen war sehr bösartig und schlecht gegen die anderen Pferde, biss und schlug sie und riss sich von ihnen los und das Ende vom Liede war, dass keins der anderen Pferde sich seiner erwehren konnte. Die Leute, denen es gehörte, hielten das für einen großen Schaden und sie wurden darüber einig, ihm umso größere Lasten aufzuerlegen, aber das half wenig. Es trug seine doppelte Last mit derselben Leichtigkeit, mit der es seine früheren Bürden getragen hatte, und es hörte mit seinen Unarten nicht eher auf, bis es alle übrigen Pferde verjagt hatte und allein zurückblieb.

Da nahm der Alte das Pferd und lud ihm eine ebenso große Bürde auf den Rücken, wie man vorher sämtlichen Pferden zusammen zu tragen gegeben hatte, und ging dann hin und her mit dem Pferd, das sich nun ganz ruhig verhielt. Auf diese Weise brachte er alles, was zur Ausbesserung der Umzäunung gebraucht wurde, heran. Als er aber mit der Arbeit fertig war, nahm er dem Pferd den Zaum ab und schlug es damit auf die Lenden, indem er es losließ. Das gefiel dem Grauchen aber nicht besonders; es schlug hinten aus und stieß mit beiden Hinterbeinen in das Stück der Umzäunung, das im Laufe des Tages aufgeführt worden war; dadurch fiel ein großes Stück der Einfriedigung heraus und wie oft man auch später das Loch ausfüllte, es wollte doch nie recht halten, weshalb hernach an dieser Stelle eine Zauntür zur Kirche angebracht wurde.

Das Letzte aber, was man von dem Treiben des Pferdes sah, war, dass es einen Sprung machte, sobald es sich frei fühlte, und es hörte nicht auf, bis es in den Holtesee untergetaucht war.

Und da begriffen alle, dass es der Nöck gewesen war.

[Märchen aus Island]

Das Wunderross Friedrichs von Zollern

Vor vielen, vielen Jahren lebte der Graf Friedrich von Zollern mit seinem frommen, gottesfürchtigen Weibe Udalhilt.

Nachdem Friedrich lange Zeit mit ihr gelebt und etliche Kinder von ihr bekommen hatte, zog er in die Heidenschaft, um weit gelegene Länder zu erkunden. Für die Zeit seiner Abwesenheit empfahl er seiner Gemahlin die Herrschaft und alles, was er hatte. Mit wenigen Dienern lebte er lange Jahre in der Ferne, geriet aber in große Armut und viel Mangel, so dass er zuletzt Diener und Pferde abgeben musste. In seiner größten Not kam ein Gespenst zu ihm, das ihn durch allerlei Versprechungen verführen und ihm bessere Tage verschaffen wollte. Lange widerstand er ihm, bis der Böse zuletzt ein Ross brachte und sagte: »Dieses Ross wird dich ohne Gefahr deiner Seele und deines Leibes führen, wohin dich gelüstet. Nur eines musst du merken: Wenn du abends oder sonst unterwegs absteigst, musst du das Pferd gegen den Niedergang der Sonne abzäumen und absatteln. Versäumst du es einmal, hast du dein Ross ewig verloren, sonst kannst du es für dein Leben lang haben.«

Was der Graf dem Gespenst dafür hat leisten müssen, ist nicht bekannt geworden oder doch in Vergessenheit gekommen.

Mehrere Jahre noch reiste Graf Friedrich mit dem Rosse, zuletzt lenkte er seinen Weg wieder zu Weib und Kind. Doch in seiner Heimat war er schon aufgegeben; seine Gemahlin hatte die Landschaft wohlweislich regiert, die Söhne und Töchter waren längst erwachsen.

Unbekannt in der Heimat angekommen, erfuhr er, dass daheim alles wohl stände. Schließlich schickte er seiner Frau eine Botschaft. Sie kam mit einigen der Kinder eilends herbei, ging ihm von der

Burg herab entgegen und empfing ihn mit großer Freude. Schnell stieg Friedrich von seinem Rosse, begrüßte Weib und Kinder herzlich und ging mit ihnen auf das Schloss hinauf.

Das Wunderross übergab er seinen Dienern, ohne sich weiter darum zu kümmern. Da sie aber nicht recht mit ihm umgingen, so verschwand es plötzlich und die Diener liefen eilends zum Grafen, um ihm zu sagen, was geschehen war. Im Herzen tat es ihm leid, dass er das wunderbare Tier verloren hatte, aber die Freude, wieder daheim bei der treuen Gemahlin und den lieben Kindern zu sein, war viel größer, so dass er sich das Ross schnell aus dem Sinn schlug und zu den Dienern sagte: »Nun, wenn es nicht mehr da ist, dann ist es geschehen und ich will mich in Gottes Willen ergeben!«

So schieden die Diener wieder und es fiel kein böses Wort mehr.

Wenige Stunden später klopften drei schöne, weißgekleidete Jungfrauen an das Burgtor und wünschten den Grafen persönlich zu sprechen. Vor ihn geführt, verneigten sie sich und eine von ihnen bekannte: »Wir waren Geister und verflucht und in der Gewalt des bösen Feindes, durch dessen Wirkung wir drei dich lange Zeit und weite Wege getragen haben. Weil du aber um den Verlust des Rosses nicht ungeduldig gewesen bist, sondern alles Gott anheim gegeben hast, so sind wir der teuflischen Gewalt entledigt und aller Marter und Pein entronnen, wie auch der Seligkeit wiedergegeben, während wir sonst bis an den Jüngsten Tag die Plage der höllischen Geister hätten ertragen müssen.«

Sie dankten dem Grafen in herzlichen Worten und verschwanden.

Dieser Graf hat es zu einem hohen Alter gebracht, ist nach seiner Reise noch lange daheim geblieben und hat mit seiner Familie in frohem Kreise gelebt. Im Kloster zu Stetten, das er mit der Gräfin 1259 gestiftet haben soll, liegt er begraben.

[Sage der Schwäbischen Alb]

Die Nordlichtpferde

In einem sehr kalten Winter fiel es dem Gesinde eines Gutshofes auf, dass ihr Herr oft ganze Nächte auf Ausfahrten verbrachte. Bei diesen durfte ihn niemand begleiten oder zu Hause empfangen. Selbst das Einspannen der Pferde besorgte er allein und pflegte sie in einem Stall, zu dem nur er allein den Schlüssel besaß. Das kränkte den langjährigen Kutscher Kaarel und er beschloss, einmal aufzupassen und festzustellen, was das für Pferde waren, die der Herr ihm nicht anvertrauen wollte.

Als der Herr in der nächsten eisigen Nacht wieder in den Stall ging, schlich ihm Kaarel nach und entdeckte durch eine Ritze in der Tür, dass es drinnen so hell war, als wenn viele Lampen brannten. Im Schein dieses Lichts spannte der Herr einen feuerblitzenden Hengst vor einen goldenen Schlitten. Als er mit dem Anschirren fertig war, warf er dem Pferd eine Decke über, so dass der feurige Glanz erlosch. Danach führte er das Gespann auf den Hof hinaus. Kaarel hatte sich hinter dem Türflügel verborgen gehalten und stieg schnell auf die Schlittenkufen, nachdem der Herr sich gesetzt und die Zügel ergriffen hatte.

Nach einer Weile, da sie über das schneebedeckte Land gefahren waren und sich genügend weit vom Gutshof entfernt hatten, hielt der Herr an, stieg aus und nahm die Decke vom Pferd. Sofort erglänzte es wieder in feurigem Schein. Dann ging die Fahrt weiter und zwar so sausend schnell, dass der Wind dem Kaarel um die Ohren pfiff und er Mühe hatte, sich am Schlittenrand festzuhalten.

Auf einmal entdeckte Kaarel, dass sie sich gar nicht mehr auf der Erde befanden, sondern hoch oben am Himmel entlang fuhren. Tief unter ihnen schimmerten die Wolken im Mondlicht wie gefrorene Seen.

Nun kamen von allen Seiten andere goldene Schlitten, von Feuerpferden gezogen, herbeigefahren und jagten miteinander um die Wette. Das war ein Spaß! Wie bei einer brausenden Hochzeitsfahrt stürmten sie dahin, die Lenker jauchzten und schrieen sich anfeuernde Rufe zu und hundertfach blitzte der Glanz der leuchtenden Gefährte über den Himmel hin … So ging es mehrere Stunden lang.

Allmählich wurden die Schlitten, von Feuerpferden gezogen, immer weniger. »Die anderen Nordlichtschlitten sind schon heimgefahren«, rief ein Mann aus einem vorbeigleitenden Gefährt dem Gutsherrn zu, »es wird auch für uns Zeit umzukehren!«

Da wandte der Herr das Pferd und stürmte in fliegender Fahrt abwärts.

Am nächsten Tag sprachen die Leute in der Gesindestube davon, dass sie noch nie ein so starkes Nordlicht gesehen hätten wie in der vergangenen Nacht.

Kaarel schwieg dazu und erzählte niemandem von seinem Erlebnis. Es ist nämlich nicht gut, von Dingen zu sprechen, die sich oben am Himmel zutragen, ebenso wenig wie es erlaubt ist, auf die Gestirne und den Regenbogen mit dem Finger zu weisen – der Finger könnte einem abfaulen. Und vor dem neuen Mond muss man sich tief verbeugen und den Hut ziehen.

Das alles wusste Kaarel und hütete sich, von Vorgängen zu reden, die nicht für seine Augen bestimmt gewesen waren. Erst, als er schon nahe am Sterben war, vertraute er seinen Kindern das Geheimnis an und klärte sie über den wahren Ursprung des feurigen Glanzes auf, der in klaren Winternächten über dem nördlichen Himmel flammt.

[Märchen aus Estland]

Der Schimmel König Arthurs

Ein Bauer aus Mobberly brach eines Tages früh auf, weil er seinen Schimmel auf dem Markt verkaufen wollte. Es war ein wundervoller Morgen und es sah ganz so aus, als möchte es ein schöner Sommertag werden. Der Bauer genoss die Stille der frühen Tageszeit und schritt sachte dahin. Da er aber einen weiten Weg vor sich hatte, machte er auf halber Strecke Rast, um ein wenig zu frühstücken. Er ließ das Pferd weiden und begann sein Bündel nach dem Frühstücksbrot zu durchsuchen. Da fühlte er plötzlich, dass es kalt wurde und ein seltsames Licht den schönen Morgen trübte. Als er erstaunt aufblickte, sah er einen Mann neben sich stehen. Woher mochte er gekommen sein – er hatte doch vorher niemanden gesehen! Ebenso seltsam wie sein Auftauchen war seine äußere Erscheinung. Der Bauer betrachtete staunend die Kleidung, die man schon längst nicht mehr trug. Sein Großvater mochte vielleicht so etwas Ähnliches besessen haben.

»Guten Morgen«, begann der Fremde, »ich hörte, dass du zu Markt gehen willst, um dein Pferd zu verkaufen.«

Der Bauer nickte verblüfft mit dem Kopfe – woher kannte der seltsame Mann seine Absichten, er hatte doch mit niemandem darüber gesprochen?

»Es ist ein schönes Tier«, fuhr der Fremde fort, »ich möchte es dir abkaufen.«

»Ich verkaufe es nicht«, entgegnete der Bauer; irgendeine innere Stimme warnte ihn, auf den Handel einzugehen.

»Aber du hattest doch die Absicht«, blieb der Fremde hartnäckig.

»Ja, aber jetzt nicht mehr.«

»Verkaufe es mir doch, ich zahle dir jeden Preis.«

»Wenn du es haben willst, kannst du ja auf dem Markte mit den anderen bieten«, erklärte unbeirrt der Bauer und je mehr der Fremde bat, desto unnachgiebiger wurde er.

»Gut, dann gehe ich eben«, sagte schließlich der Mann, »aber ich sage dir eins, dein Pferd wirst du heute nicht los. Du magst, so lange du willst, auf dem Markt stehen, man wird dich nicht einmal beachten.«

Damit schritt er davon und der Bauer schaute ihm verwirrt nach. Fast bereute er jetzt, nicht auf den Handel eingegangen zu sein.

Es war nicht mehr sehr früh, als der Bauer auf dem Markte ankam. Aber wie erstaunt war er, als er sah, dass nicht ein einziges Pferd zum Verkauf angeboten wurde. Alle Arten von Vieh waren da – Pferde aber nicht. Trotzdem beachtete ihn niemand. Die Käufer beschäftigten sich nur mit dem Kleinvieh und Geflügel, für ihn hatten sie keinen Blick. Das war seltsam, zumal der Schimmel doch ein prächtiges Tier war; wohlgenährt und gepflegt, hätte er manchen Käufer anlocken müssen! Aber auch am Nachmittag hatte der Bauer kein Glück und ärgerlich gedachte er der Prophezeiung des sonderbaren Fremden. Verdrossen ritt er gegen Abend heim.

Es dunkelte bereits, als er an die Stelle kam, wo er am Morgen gerastet hatte. Das Wetter hatte sich jäh verändert, ein böser Wind blies über die Felder und in der Ferne zog ein Unwetter herauf. Diesmal verlockte den Bauern nichts zur Rast; aber da stand plötzlich wieder der Fremde vor ihm und legte die Hand an das Zaumzeug. Der Bauer war ratlos; sollte er reiten oder mit dem Fremden feilschen? Nun, er war neugierig und entschloss sich, dessen Angebot zu hören.

»Hättest du mir dein Pferd am Morgen verkauft, dann wäre dir viel Ärger erspart geblieben. Du siehst ja, dass du es sonst nicht loswirst. Wir brauchen es nämlich.«

»Wer braucht es?«, fragte der Bauer.

»Komm, ich werde es dir zeigen!«, forderte ihn der Fremde auf und schritt voran.

Neugierig folgte der Bauer. Wie lange sie liefen, konnte er später nicht sagen, aber es war ein beschwerlicher Weg, der über Steine und Sümpfe zu einem großen Felsen führte. Dort öffnete der Fremde ein Eisengitter.

»Schau her!«, sagte er und der Bauer gehorchte ihm.

Da zuckten Blitze durch die dunkle Nacht und er konnte zunächst nur die feuchten Wände einer Höhle erkennen. Ein neuer Blitz ließ ihn unzählige Pferde erblicken, die – alle weiß und angeschirrt – auf sauberem Stroh schliefen. Im Hintergrunde saßen bewaffnete Ritter und an oberster Stelle ein König.

»Wer ist das?«, fragte der Bauer und bebte dabei so, dass seine Zähne laut klappernd aufeinander schlugen.

»Das ist König Arthur mit seinem Gefolge. Sie schlafen hier und warten darauf, bis sie wieder gebraucht werden. Dazu muss aber alles vorbereitet sein.«

»Und fehlt noch irgendetwas?«, wollte der Bauer wissen.

»Zähle Ritter und Pferde und du wirst sehen, dass noch eines fehlt. Willst du nun verkaufen?«, fragte der Fremde.

Plötzlich fühlte der Bauer, dass er fort müsste. Die Kälte des Gewölbes machte ihn schauern und er sah sich nach seinem Pferde um. Da stand es zitternd, die Augen schreckgeweitet, mit angelegten Ohren.

»Niemals!«, stieß er hervor. Und das Echo hallte »Niemals! Niemals!« wider. Ein Blitz erleuchtete den Ausgang, er sprang aufs Pferd und floh. Erst am Morgen fand er heim. Nie konnte er sich später daran erinnern, wie er entkommen war. Sein Pferd aber hat er nicht wieder zum Verkauf angeboten – und der Fremde hat ihn seitdem auch in Frieden gelassen.

[Märchen aus England]

Der Riesenbaumeister und die Geburt Sleipnirs

Herrlich waren die Götter schon zur Wehr gerüstet gegen ihre Feinde, da kam eines Tages ein ungeschlachter Mann zu ihnen, der sagte, er sei ein Baumeister und er biete an, das Reich der Götter mit einer gewaltigen Mauer zu umgeben, die jedem Angriff der Berg- und Eisriesen trotzen könne. In drei Halbjahren wolle er ihnen diese feste Burg türmen. Als Lohn aber, so verlange er, solle man ihm die Göttin Freia ausliefern, dazu die Sonne und den Mond.

Die Götter berieten lange, ob sie den Vertrag schließen sollten, und ihnen schien die Forderung zu hoch. Aber Loki redete ihnen so eindringlich zu, dass sie endlich doch einwilligten. Nur bedangen sie sich aus: Die Burg solle in einem einzigen Winter fertig werden, fehle aber am ersten Sommertag auch nur ein Stein an dem Bau, so solle der Baumeister seiner Lohnes verlustig gehen; auch dürfe niemand ihm bei der Arbeit helfen. Darauf antwortete der Fremde: »Männer zur Hilfe brauche ich nicht; aber das muss mir erlaubt sein, dass mein Hengst Swadilfur die Steine herbeischleppt.«

Das gestanden ihm, abermals auf Lokis Rat, die Götter zu.

Am ersten Wintertag ging der Baumeister ans Werk. Tagsüber baute er, des Nachts schaffte er mit Swadilfur die Blöcke zur Stelle; und die Asen staunten, dass Swadilfur mit ungeheurer Kraft Lasten bewegte, für die viele hundert Pferde gebraucht würden. Der Meister schaffte unverdrossen; denn der fühlte sich sicher, da ihm die Götter mit höchsten Eiden den Vertrag beschworen hatten, zudem Thor, der erbitterte Feind aller Riesen, nach Osten gefahren war, um Trolle zu töten. So wuchs der Bau immer höher und fester und die Arbeit ging umso schneller, je weiter die Zeit vorrückte. Drei Tage vor Sommeranfang schloss sich der mächtige Mauerring bis auf eine kleine Lücke an der Stelle, wo das Tor eingesetzt werden sollte.

Inzwischen aber begann die Götter der Vertrag zu reuen. Es schien ihnen Schmach und Schande, dass sie die schönste der Göttinnen ausliefern und den Himmel durch Wegnahme der großen Lichter schänden sollten. Lange besprachen sie sich miteinander und schalten auf Loki, der ihnen den schlechten Rat gegeben hatte. So zornig waren sie auf ihn, dass sie ihn mit Marter und Tod bedrohten, wenn er ihnen nicht einen Ausweg weise, dass sie dem Baumeister den ausbedungenen Lohn verweigern könnten. Loki bekam Angst, als er alle gegen sich sah, und schwor ihnen, dafür zu sorgen, dass der Baumeister seines Anspruchs verlustig gehe.

Als am Abend der Meister ausfuhr, um die noch nötigen Steine zu holen, geschah es, dass aus dem Walde der verwandelte Gott Loki als Stute wiehernd auf Swadilfur zutrabte. Da wurde Swadilfur wild, zerriss die Seile und rannte auf die Stute zu und als sie sich wandte, sauste er im Galopp hinter ihr her in den Wald. Der Baumeister stürzte nach, um Swadilfur zu greifen; aber die Pferde rannten die ganze Nacht hindurch und erst am Morgen konnte er Swadilfur wieder fangen. So war die Nacht verloren und der Tag, da die Steine fehlten; und der Baumeister musste seine Wette verloren geben.

Aus der Verbindung zwischen Swadilfur und der Stute wurde das Ross Sleipnir geboren. Es wurde zu Odins Pferd; das graue, achtfüßige Pferd, dem kein Hindernis zu hoch war, es lief schneller als der Wind und ermüdete nie, da die eine Hälfte der Füße beständig ausruhte.

[Sage der Germanen]

Die Verwandelten

Imrik und sein Zauberrösslein

In der letzten und ärmlichsten Hütte des Dorfes wurde ein Kind geboren. Der Vater ging, ihm einen Paten zu suchen. Er wanderte von Haus zu Haus und brachte bescheiden seine Bitte vor – doch überall wurde er abgewiesen, niemand wollte dem Kinde des Armen Gevatter sein.

Kummervoll trat er endlich wieder den Heimweg an und sann, an wen er sich wohl noch wenden könnte. Nahe seiner Hütte begegnete ihm ein Bettler. Dieser mochte erst die Absicht gehabt haben, den Bauern um eine milde Gabe anzusprechen; aber als er ihn so betrübt sah, empfand er selbst Mitleid und fragte ihn: »Warum so traurig, lieber Mann?«

»Wie sollte ich nicht traurig sein«, entgegnete der Angeredete, »wenn ich für meinen neugeborenen Sohn keinen Paten finden kann!«

Der Bettler schwieg eine Weile still und dann sagte er: »Nun, ich bin freilich nur ein armer Pilger, aber wenn es dir recht ist, will ich dein Kind aus der Taufe heben und ihm meinen letzten Groschen als Patengeschenk geben.«

»Ach, nach einem Geschenke frag' ich gar nicht«, erwiderte hocherfreut der Bauer, »wenn du mir nur Gevatter stehst!«

»Also gut! Morgen früh werde ich vor der Kirche auf dich warten!«

Damit trennten sie sich.

Am andern Tage trugen die Eltern ihr Kind zur Taufe. Es erhielt den Namen Imrik. Der Gevatter band ihm den Groschen ein, segnete es und verschwand dann. Obwohl die Leute sehr arm und bedürftig waren, nahmen sie sich doch vor, den Taufgroschen des Sohnes niemals für sich zu verwenden, sondern ihn aufzuheben, bis Imrik erwachsen sein würde.

Doch wunderbarerweise lag seit der Geburt des Kindes Gottes Segen über der Hütte. Das armselig kleine Grundstück trug überreiche Früchte. Bald konnte eine Kuh angeschafft werden, dann ein Schweinchen und so fort. Im Schuppen war Holz, im Keller gab's Kartoffeln, Kraut und Rüben, in der Kammer einen Sack voll Mehl, auf dem Boden hing der geräucherte Speck – kurz, die Not hatte einem bescheidenen Wohlstande Platz gemacht. Da Mann und Frau gleich dankbaren Gemütes waren, so wussten sie das Glück zu schätzen, waren zufrieden und verlangten nicht nach mehr.

Imrik aber wuchs heran, dass man wohl seine Freude an ihm haben konnte. Die Jahre vergingen und eh' man sich 's versah, war ein stattlicher Jüngling aus ihm geworden. Da sprach er eines schönen Tages zu seinen Eltern: »Nun habt ihr mich lange genug beschützt und für mich gesorgt; es ist wahrlich hohe Zeit, dass ich euch diese Last abnehme und selbst mein Fortkommen suche. Lasst mich denn ziehen, dass ich mich in der Welt umsehe!«

Ungern vernahmen die Eltern diese Worte und waren sehr traurig, dass der Sohn sie verlassen wollte. Doch dieser tröstete sie.

»Ach, weint nicht und fürchtet euch nicht um mich! In ein bis zwei Jahren kehre ich wieder heim und werde euch dann im Alter tüchtig unterstützen!«

Die Eltern sahen, dass ihr Junge nicht zurückzuhalten war; so fügten sie sich drein und berieten, wie sie ihn am besten für die Wanderschaft ausstatten sollten. Da ging von ungefähr ein alter Mann vorbei, der ein schönes Pferd am Zügel führte. Er pochte ans Fenster und rief: »Wollt ihr nicht ein schönes Rösslein kaufen?«

»Ein Rösslein? Das wäre wohl etwas für unsern Imrik, aber so viel Geld haben wir nicht! Was soll's denn kosten?«

»Einen alten Groschen!«

»Nun denn, Imrik, du hast ja einen alten Groschen noch von der Taufe her! So kaufe dir das Rösslein dafür!«

Die Mutter brachte schnell aus der Truhe den Taufgroschen und Imrik machte begreiflicherweise sehr gern den vorteilhaften Kauf.

Kaum hatte er dem Alten den Groschen ausgehändigt, als dieser ihm auch gleich die Zügel übergab und dann verschwand, als hätte ihn die Erde verschluckt. Nicht gering war Imriks Freude über das schöne und so billig erstandene Tier. Es war ein Goldfuchs, der auf der Stirn einen groschengroßen weißen Fleck hatte. Nachdem sein neuer Herr ihn gefüttert und getränkt hatte, scharrte er vergnügt mit den Hufen und wieherte fröhlich. Imrik stieg auf, nahm Abschied von den Eltern und zog in die Welt.

Als sie schon weit vom Heimatdorfe waren und auf einer schönen grünen Wiese gemächlich im Schritt gingen, wendete das Rösslein plötzlich den Kopf zu Imrik und sprach zu dessen Erstaunen mit menschlicher Stimme: »Gib Acht, wo ich stolpern werde und was mein Huf aus der Erde scharren wird!«

Imrik hatte noch nicht Zeit, über die sonderbare Rede seines Pferdchens nachzudenken, als dieses schon strauchelte und in dem Augenblick auf der Erde etwas wie eine helle Flamme aufblitzte. Als aber Imrik abstieg und nachsah, was es sei, fand er statt der vermeintlichen Flamme eine goldene Feder an der Stelle.

»Soll ich sie aufheben?«, fragte er das Rösslein.

»Nimm sie nur! Es ist eine Feder vom Feuervogel. Erst wird sie dir Unheil bringen, dann aber Segen!«, erwiderte das Pferd.

Imrik nahm also die Feder auf und barg sie unter dem Wams an seiner Brust. Dann ritt er weiter, bis er zu einem Königsschlosse kam. Der alte König stand just am Fenster und sah sich das Wetter an.

Wie er Imrik auf seinem schönen Goldfuchs daherkommen sah, rief er ihn an und fragte, wohin er reite.

»In die Welt!«, antwortete Imrik.

»Was dort?«, fragte der König weiter.

»Arbeit, Verdienst und mein Glück suchen!«, entgegnete der Jüngling.

Die Rede gefiel dem König so wohl, dass er sagte: »Möchtest du nicht zu mir in den Dienst?«

»Warum nicht, Herr König, wenn Ihr mich wollt! Aber mein Rösslein muss ich mitnehmen dürfen, denn ohne dieses verdinge ich mich nicht!«

»Gut! Nimm dir 's nur mit!«

Imrik ritt in das Schloss, trat in den königlichen Dienst und übernahm die Wartung von sechs schönen Schimmeln, den Leibpferden des Königs.

Seinen Goldfuchs stellte er im selben Stalle ein und bereitete sich allnächtlich an seiner Seite das Lager.

Von der Zeit, da Imrik die Pflege der Rosse übernahm, wurden sie von Tag zu Tag schöner. Das Fell glänzte wie Atlas, die Mähnen waren weich und lang wie gesponnene Seide und die Augen feurig wie glühende Kohlen.

Dem König war das wohl recht und er belobte den Jüngling.

Das übrige Gesinde aber wunderte sich, dass die Pferde so gediehen, obgleich sie dasselbe Futter bekamen wie früher, und sie meinten, dies könne nicht mit rechten Dingen zugehen.

Besonders ein Diener, Palik, war dem Imrik böse gesinnt und missgönnte ihm des Königs Gunst. Er nahm sich vor, auszukundschaften, was für eine Bewandtnis es mit dem neuen Pferdewärter habe und welche Zauberkünste derselbe anwende.

Eines Abends schlich er sich in den Stall ein, versteckte sich hinter einem Büschel Heu und wartete, bis Imrik kommen würde. Als es schon vollständig dunkel war, trat Imrik ein. Er hatte kein Licht und tappte unsicher in der Finsternis umher, dann aber nahm er aus dem Wams die goldene Feder des Feuervogels und legte sie aufs Fensterbrett. In diesem Augenblick ging von der Feder eine solche Helle aus, dass der ganze Stall davon erleuchtet ward. Imrik legte Rock und Kappe ab und begann die Pferde, eins nach dem andern, zu strählen, schüttete frische Streu auf, füllte die Krippen mit Futter, schöpfte Wasser in die

Tröge und tat, munter vor sich hin pfeifend, seine Arbeit. Dann barg er die Feder wieder in seinem Wams, worauf es sofort dunkel wurde, suchte an der Seite seines Rössleins das Lager auf und sank bald in festen Schlaf.

Der falsche Diener schlüpfte geräuschlos aus dem Stalle und lief gleich am frühen Morgen zum König. Dem erzählte er, was er gesehen, und schilderte den Glanz der goldenen Feder so wunderbar, dass den König heftiges Verlangen danach ergriff, den Feuervogel, dessen Feder schon so herrlich war, zu besitzen.

Er ließ Imrik vor sich kommen und sprach zu ihm mit drohender Stimme: »Du hast dich unterstanden, die goldene Feder des Feuervogels vor meinen königlichen Augen zu verbergen; dafür werde ich dich ins Gefängnis werfen lassen.«

»Ach, verzeih, Herr König«, bat Imrik, »ich hatte ja keine Ahnung, dass Euch die Feder gefallen würde.«

»Gut, ich will dir verzeihen unter der Bedingung, dass du mir den Feuervogel fängst und bringst. Tust du dies nicht, so kannst du im Kerker verschmachten!«

Ohne eine Antwort abzuwarten, drehte sich der König um und ließ Imrik stehen. Dieser kam weinend in seinen Stall gelaufen und wusste nicht, was er tun sollte. Sein Rösslein sah ihn besorgt an und sprach sodann:

»Imrik, lieber Herr, was weinst du?«

»Mein gutes Rösslein, denke dir nur: der König will, dass ich ihm den Feuervogel bringe. Und wenn ich dies nicht vermag, lässt er mich in den Kerker werfen. Wehe mir, wo soll ich den Vogel suchen?!«

»Siehst du wohl, dass ich Recht hatte, als ich dir sagte, die goldene Feder würde dir zuerst Unheil bringen! Dann aber wird sie dir zum Segen sein und deshalb wollen wir den Vogel suchen. Sei nicht verzagt und trockne deine Tränen! Ich werde dir behilflich sein; aber verlange vom König einen Scheffel goldenen Weizen und ein seidenes Netz!«

Imrik tat nach des Pferdchens Geheiß und der König befahl, Imrik das Verlangte zu geben. Als Imrik alles bereit hatte, tat er es in die Satteltasche, schwang sich auf seinen treuen Goldfuchs und trabte aus dem Schlosse. Sie ritten, ritten viele Tage lang, über grüne Hügel, durch weite Täler, bis sie zum goldenen Berge kamen. Dort machte das Rösslein halt und sprach zu seinem Herrn:

»Nimm den goldenen Weizen und das seidene Netz und geh den Steig hinauf bis zum Gipfel! Dort ist eine wunderbare Quelle, zu welcher allnächtlich die Feuervögel geflogen kommen, um zu trinken. Um die Quelle herum streue den goldenen Weizen aus! Die Vögel werden kommen und die Körner picken. Dabei musst du mit dem Netz einen zu fangen trachten. Sobald dies geschehen, rufe mich!«

Wie das Rösslein befohlen, ward es von Imrik ausgeführt: er nahm den Sack mit dem goldenen Weizen und das seidene Netz aus der Satteltasche und klomm den steilen Pfad zum Gipfel des goldenen Berges hinauf. Als es Abend ward, gelangte er oben an, fand die Quelle mit kristallhellem Wasser, streute die Körner rundum, versteckte sich im Gebüsch und lag auf der Lauer, bis die Nacht hereinbrach. Gegen Mitternacht erhellte sich der Gipfel in einer Weise, dass man meinen konnte, die Sonne sei aufgegangen – aber das Leuchten ging vom goldenen Gefieder der Feuervögel aus, die den gewohnten Tränkplatz aufsuchen kamen. Sie sahen den goldenen Weizen und begannen alsbald, ihn aufzupicken.

Imrik wagte kaum zu atmen, um die schönen Vögel nicht zu verscheuchen. Da aber der eine von ihnen, emsig die Körner pickend, sich ihm näherte, warf er schnell wie der Blitz das seidene Netz über ihn und rief seinem Rösslein: »Goldfuchs, komm!«

Im Nu war der oben auf dem Gipfel, wieherte freudig und ließ den Herrn aufsitzen. Imrik hielt den kostbaren Vogel in fester Hand, aber die andern Vögel flatterten erschrocken auf und als sie sahen, dass einer von ihnen gefangen, wollten sie sich auf Imrik stürzen, um ihm die Augen auszuhacken. Doch der Goldfuchs sauste schnell wie der Wind den Abhang hinab und trug ihn davon. Des Königs Freude über den seltsamen, herrlichen Vogel war groß. Er belohnte Imrik königlich und ließ den Zaubervogel in einen goldenen Käfig mit silbernen Sprossen tun, allwo er mit goldenem Weizen gefüttert wurde. Von seinem Gefieder ging ein solcher Glanz aus, dass des Nachts das ganze Schloss davon erleuchtet war, und sein Gesang war schöner als der der Nachtigall.

Palik, der Falsche, der sich vor Neid verzehrte, dachte an nichts anderes, als wie er Imrik verderben könnte. Da ihm der erste Anschlag nicht gelungen, sann er über einen zweiten nach. Imrik aber achtete seiner nicht und besorgte nach wie vor sorglos seine Pferde.

Einmal, als der König in der Halle wandelte, wo der Feuervogel in seinem goldenen Käfig untergebracht war, blieb er plötzlich vor Palik, dem Falschen, stehen und sagte:

»Einen kostbareren Schatz als ich ihn hier in diesem Vogel besitze, hat wohl kein König auf Erden!«

»Es gibt wohl noch einen kostbareren Schatz, Herr König«, antwortete der Arge und war froh darüber, dass sich ihm endlich Gelegenheit bot, Imrik zu schaden.

»Was wäre das?«, fragte der König.

Der andere sagte bedachtsam: »Wie man sich erzählt, gibt es irgendwo am Schwarzen Meere eine Jungfrau von solcher Schönheit, dass nichts auf Erden ihr gleicht.«

»So?«, sagte der König nachdenklich.

»Ja, Herr König. Kein Mensch auf Erden könne dieser wunderschönen Jungfrau habhaft werden, geht die Sage; aber Imrik wäre wohl imstande, sie zu erringen.«

»Gut! Rufe mir Imrik! Ich habe mit ihm zu reden.«

Palik lachte schadenfroh, als er Imrik zum König befahl.

Erzürnt empfing dieser den treuen Diener: »Warum hast du mir nichts von der Wasserjungfrau vom Schwarzen Meere erzählt? Mach' dich auf den Weg und erringe sie für mich! Und bringst du sie mir nicht, so lasse ich dich auf Lebenszeit einkerkern!«

Imrik wollte einwenden, dass er von solch einer Wasserjungfrau niemals vernommen habe; aber der König ließ ihn nicht zu Worte kommen und befahl ihm, sich sofort auf die Reise nach dem Schwarzen Meere zu begeben.

Im Stalle angelangt, klagte Imrik seinem lieben Rösslein, was ihm widerfahren.

»Wohin soll ich mich wenden? Wie soll ich die Wasserjungfrau finden? Wie sie erringen?«

Aber der Goldfuchs tröstete ihn: »Sei guten Mutes! Die Sache ist wohl schwierig, doch ich werde dir beistehen! Vor allem begehre vom König ein weißes, golddurchwirktes Zelt, ein goldenes Tischlein und mancherlei goldenes und silbernes Geschmeide, woran Frauen ihre Freude haben, schließlich eine Schalmei aus Elfenbein und ein schönes Gewand. Wenn du alles dies beisammen hast, brechen wir auf.«

Der König ließ ihm gerne geben, um das er bat. Als das Zelt zusammengerollt, das Tischlein zusammengelegt, das Geschmeide in einem Kästchen verwahrt war, wurde alles dem Rösschen aufgepackt, Imrik zog ein prächtiges Gewand an, so dass er gar vornehm und stattlich aussah, steckte die elfenbeinerne Schalmei zu sich und begab sich auf den Weg.

Sie ritten, ritten viele, viele Tage lang über grüne Hügel, durch weite Täler und schließlich durch öde Steppen, bis sie ans Schwarze Meer kamen.

»Also da wären wir!«, sagte das Rösslein. »Hier ist das Schwarze Meer. Steige nun ab und merke wohl, was ich dir sagen werde: Schlage nah' am Strande das Zelt auf, stelle das goldene Tischlein hinein und lege darauf das Geschmeide aus! Dann setze dich vor das Zelt hin und warte! Jeden Mittag fährt die Wasserjungfrau, die Tochter des Meerkönigs, in einem goldenen Nachen hier vorüber. Sobald du sie aus der Ferne erspähst, nimm die Schalmei und fange schön zu spielen an, damit sie dich höre! Sie wird dann mit ihren Jungfrauen hier anlegen und dich fragen, wer du seiest, woher du kämst und was du hier suchest. Sage, du seiest ein fremder Handelsmann, du habest im Zelte schönen Schmuck und es wäre dir ein Vergnügen, ihr deine Schätze zu zeigen! Wenn sie hierauf dein Zelt betritt und in den Anblick der Kostbarkeiten vertieft ist, so greife sacht und behutsam in ihr langes, goldenes Haar und wickle einen Strähn fest um deine Hand! Sobald du sie hältst, rufe mich!«

Nach diesen Worten ging der kluge Goldfuchs, um sich hinter einem Felsvorsprung zu verbergen; Imrik aber begann, sein Zelt aufzuschlagen und alles nach des Rössleins Rat zu vollführen. Als dies geschehen war, nahm er vor dem Zelte Platz und blickte aufmerksam umher, ob der goldene Nachen nicht in Sicht käme. Wirklich, da die Sonne hoch rückte und es Mittag ward, erschien auf der grün schillernden Meeresflut ein goldglitzernder Kahn, aus dem die weißen Schleier der Wasserjungfrau und ihrer Dienerinnen listig in Winde flatterten. Zwölf silberne Ruder teilten das Wasser, so dass der Kahn wie ein Pfeil dahinflog. Imrik fing gleich auf seiner Schalmei lieblich zu blasen an und die Wasserfrau, welche die fröhliche Weise vernahm, war neugierig, den Spieler kennen zu lernen. Darum hieß sie ihre Dienerinnen, das Boot nach dem Strande zu steuern. Sie gewahrte den Jüngling vor dem kostbaren Zelte, ließ anlegen, stieg an Land und näherte sich ihm.

Wie das Rösslein es prophezeit, fragte sie Imrik um seine Herkunft und den Zweck seiner Reise und getreu der Weisung antwortete er, er sei ein fremder Handelsmann, habe kostbaren Schmuck feil und würde sich freuen, wenn die Jungfrau seine Ware besichtigen wolle.

Die schöne Lalija – so hieß die Tochter des Meerkönigs – ließ sich nicht lange nötigen und trat mit ihren Gefährtinnen ins Zelt.

Sie umringten das Tischlein, besahen die einzelnen Stücke, probierten die Armspangen und Stirnreifen, Ringlein und Ketten, Ohrgehänge und Gürtel und plauderten dabei heiter und sorglos, dass es klang wie das Gezwitscher der Schwalben.

Imrik hielt sich dicht an der Seite der Meerprinzessin, scheinbar eifrig bemüht, sein Geschmeide anzupreisen; dabei aber griff er behutsam und vorsichtig in ihr goldiges Haar, das sie wie ein Mantel umwallte, und wickelte einen Strähn um seine Hand. Ehe sich 's die Wasserjungfrau versah, hielt er sie fest und rief schnell: »Goldfüchslein, komm!«

Augenblicklich ließ sich ein helles Wiehern vernehmen und das brave Rösslein stand am Zelte. Imrik umfasste die vor Schrecken ganz sprachlose Lalija, hob sie in den Sattel und während die Dienerinnen schreiend davonliefen, um den Meerkönig zu rufen, galoppierte der Goldfuchs mit seiner schönen Last von dannen, so dass die Funken stoben und an ein Einholen nicht mehr zu denken war.

Gegen Abend machten sie auf einer Waldwiese Rast. Imrik breitete seinen Mantel aus, ließ die Wasserjungfrau darauf ruhen und bot ihr von den mitgebrachten Mundvorräten einen Imbiss und Trunk. Lalija war so schön, dass in Imrik der Gedanke aufstieg: Warum soll ich sie dem Könige zuführen, der so ungnädig gegen mich ist? Ich reite nicht ins Schloss zurück, sondern heim zu den Eltern und mache die Meeresprinzessin zu meiner Frau.

Als das Pferdchen von der Weide zum Ruheplatz zurückkehrte und zum Aufbruch mahnte, weihte er es in seinen Plan ein. Doch der Goldfuchs schüttelte die Mähne und sah ihn aus seinen treuen Augen vorwurfsvoll an:

»Herr, tu' das nicht, denn es wäre nicht recht! Du hast dem Könige dein Wort gegeben und musst es halten! Außerdem, glaube mir, die Tochter des Meeresfürsten wäre keine Frau für dich! Die ist gewöhnt, in einem königlichen Palaste zu wohnen in Glanz und Herrlichkeit, umgeben von Dienerschaft und Höflingen – die

Hütte deiner Eltern wäre ihr zu gering und du selbst ihr zu schlicht. Scheuche diese Gedanken aus deinem Herzen und lass uns aufbrechen!«

Imrik zauderte auch nicht länger und ritt so schnell als möglich ins Schloss zurück.

Der König geriet außer sich vor Freude über die schöne Braut. Er überhäufte Imrik mit kostbaren Geschenken und ließ gleich alle Vorbereitungen zur Hochzeit treffen. Lalija war aber seit ihrer Ankunft traurig und wortkarg, ging blass und still in den Gemächern umher und sah sehnsüchtig in die Ferne nach der Richtung, wo das Meer, ihre Heimat, lag.

Als alles gerüstet war, fragte der König seine Braut, an welchem Tage sie die Vermählung zu feiern wünsche. Da entgegnete sie ernst:

»An keinem, Herr! Denn meine Jugend und dein Alter, mein goldenes Haar und dein weißes taugen nicht zusammen! Ehe du nicht vom lebenden und toten Wasser aus der Quell der Ewigkeit getrunken und dich verjüngt hast, werde ich nicht deine Gemahlin!«

Der König, betroffen von diesen Worten, gab gleich seiner Dienerschaft Befehl, ihm lebendes und totes Wasser aus dem Quell der Ewigkeit zu beschaffen; aber keiner der Diener wusste von diesem Wunderbrunnen. Da riet Palik seinem Herrn, doch Imrik mit dem Auftrage zu betrauen. Er hoffte, dass dieser gleichfalls den Quell nicht zu finden wissen und nun ganz sicher beim Könige in Ungnade fallen werde.

Wieder ließ der König seinen getreuen Imrik rufen und gebot ihm, sich sofort auf die Suche nach dem Zauberquell zu begeben, um ihm das Wasser, dessen er zu seiner Verjüngung bedurfte, zu bringen. Sollte er aber binnen drei Tagen damit nicht zur Stelle sein, so wäre sein Leben verwirkt.

»Sei nur getrost!«, mahnte ihn der Goldfuchs, als er ihm von des Königs neuem Gebot berichtete, »du weißt ja, dass ich dir beistehe! Verlange zunächst einen Käfig und zwei Fläschchen! Diese

Fläschchen müssen aber so leicht sein, dass ein Vogel sie tragen kann. Dann nimm für drei Tage Nahrung mit – und für das Weitere lass mich sorgen!«

Tags darauf hatte Imrik, was er brauchte: einen Käfig mit zwei Fläschchen. Letztere waren aus Schweinsblase gefertigt und leicht wie Flaum.

Nun bestieg er sein Pferdchen, das ihn ohne Weisung wie mit Windesflügeln nordwärts trug. Als sie in einen großen dunklen Wald kamen, blieb das Rösslein stehen, gebot seinem Herrn abzusteigen und sprach: »Verstecke dich hinter dieser Eiche! Ich lege mich hier ins Moos und werde mich tot stellen.«

»Tot? Warum?«, fragte Imrik.

»Siehst du dort auf dem Wipfel der Tanne das Rabennest? Darin sind zwei Alte und ein Junges! Sobald sie mich hier liegen sehen, werden sie herunterfliegen und sich an mir sättigen wollen. Dann spring' schnell aus deinem Versteck und fange das Junge! Die Alten werden erschrecken und dich bitten, ihr Kind freizugeben. Du aber lasse es nicht los, sondern sage, du werdest es umbringen, wenn sie dir nicht vom Quell der Ewigkeit lebendes und totes Wasser holen.«

Imrik versteckte sich, das Rösslein aber warf sich zur Erde, streckte die Glieder starr und steif von sich und stellte sich tot. Nach einiger Zeit ließ sich Flügelrauschen und heiseres Gekrächze vernehmen – es waren die Raben. Kaum hatten sie sich auf das Pferd gestürzt, warf Imrik seine Mütze nach dem Rabenjungen und fing es.

Auf sein jämmerliches Geschrei eilten die Alten herzu und baten Imrik: »Ach, guter Mensch, tu unserem unschuldigen Kindchen nichts zuleide und lass es wieder los, wir werden dir zeitlebens dafür dankbar sein!«

Imrik sagte: »Ich gebe es nicht früher frei, als bis ihr mir in diesen Fläschchen vom Quell der Ewigkeit lebendes und totes Wasser gebracht habt!«

»Aber gerne!«, riefen die Raben, »gib nur her!«

Damit ergriff jeder von ihnen ein Fläschchen und trug es im Schnabel davon.

Nun erhob sich der Goldfuchs wieder, Imrik sperrte den Vogel in den Käfig – dann warteten sie. Der Tag ging dahin und die lange Nacht. Am frühen Morgen aber rauschte es in den Lüften und die Raben kehrten mit den gefüllten Fläschchen zurück. Ehe Imrik aber dem Jungen die Freiheit schenkte, wollte er sich, auf seines Pferdchens Rat, überzeugen, ob es wirklich das lebende und tote Wasser aus dem Quell der Ewigkeit wäre, das ihm die Raben gebracht. Er drehte dem Rabenkind den Kragen um und als es tot war, besprengte er es schnell erst mit dem toten und dann mit dem lebenden Wasser und siehe – der Vogel begann sich zu regen, schlug mit den Flügeln und flog frisch und munter mit seinen Rabeneltern auf den Baum. Da nun Imrik sah, dass er nicht betrogen worden war und wirklich das Zauberwasser in seinem Besitze hatte, sprengte er mit verhängten Zügeln davon.

Gerade als der dritte Tag zu Ende ging und der heimtückische Palik sich schon freute, dass Imrik nicht zurückkehre, ritt dieser in den Schlosshof ein.

Lalija, die Meerjungfrau, nahm die beiden Fläschchen in Empfang und besprengte mit dem Wasser aus dem Quell der Ewigkeit den greisen König. Schnell wie der Gedanke ging die Wandlung vor sich: die Gestalt streckte sich und wurde jugendlich schlank, das weiße Haupt- und Barthaar kastanienbraun, die eingefallenen Wangen frisch und rot. Nun war Lalija mit dem Bräutigam zufrieden und zögerte nicht länger, seine Gemahlin zu werden.

Imrik aber wurde reich belohnt und in Gnaden entlassen.

Als er wieder in den Stall kam, lag sein treues Rösslein keuchend auf der Streu; der allzu rasche Ritt hatte es zu sehr angestrengt. Die schönen Augen waren gebrochen, die Flanken bebten.

Erschrocken kniete Imrik an seiner Seite nieder.

»Goldfüchslein, mein liebes, was fehlt dir?«

»Ach, ich sterbe, mein lieber Herr«, antwortete das gute Tier, »ich fühle, wie es mit mir zu Ende geht!«

»Nein, mein Rösslein, sieh nur her! Hier hab' ich die beiden Fläschchen, in jedem ist noch ein Rest verblieben, gerade genug, um dich wieder heil und gesund zu machen!«

Das Pferdchen schüttelte den Kopf: »Nein, tu das nicht! Behalte das Wunderwasser! Du kannst damit dereinst, wenn du alt geworden, wieder die Jugend zurückerlangen. Lass' mich sterben für dich – leb' wohl!«

Imrik aber rief: »Ohne dich, du trauter, lieber kluger Gefährte, würde mich das Leben nicht mehr freuen! Gerne opfere ich für dich das Wasser aus der Quell der Ewigkeit!«

Und ohne sich weiter zu bedenken, besprengte er das sterbende Rösslein. Langsam erhob sich der Goldfuchs. Er schüttelte sich – das Fell fiel ab – und vor dem erstaunten Imrik stand ein schöner Jüngling mit rotblonden Locken, schneeweißer Stirn und braunen Augen, die weich wie Samt und glänzend wie zwei Sterne waren.

»Deine Treue hat mich erlöst!«, sprach der Jüngling mit sanfter Stimme. »Ich bin Otiliek, den ein böser Zauberer in ein Rösslein verwandelt hatte, weil ich ihm meine schöne Zwillingsschwester Otilienka nicht zur Gemahlin geben wollte. Dir aber gebe ich sie gerne zur Frau! Und wie ich bis jetzt dein treuer Gefährte gewesen, so wird sie fortan deine treue Gefährtin sein!«

Wer war froher als Imrik! Er führte die schöne Otilienka heim und wurde unbeschreiblich glücklich.

[Märchen aus Ungarn]

Von dem Prinzen, der bei dem Satan in Diensten stand und den König aus der Hölle befreite

Es war ein König, der hatte drei Söhne, die gingen einmal in den Wald jagen und da verirrte sich der eine und nur die zwei andern kamen wieder heim. Der Wald war groß und der Prinz, der sich verirrt hatte, streifte in dem Wald umher und hatte nichts zu essen; hungrig und bekümmerten Herzens dachte er, wie werde ich noch aus dem großen Wald herauskommen? Endlich, nach fünf Tagen erblickte er, wie er so durch den Wald hin ging, ein Stück freies Feld, das lag gerade in der Mitte des großen Waldes, und er fand dort einen Palast. Er ging hinein und durchwanderte alle Gemächer, aber keine lebende Seele war darin zu finden. Aber in einem großen Saal, da fand er einen Tisch, auf dem Tisch stand Speise und Trank, so viel nur das Herz begehrte. Der Prinz aß und trank und wie er fertig war, da war mit einem Mal alles von dem Tisch verschwunden. Er ging nun noch weiter in dem Schloss herum, darüber wurde es Abend und jetzt hörte er, dass da jemand auf ihn zukam. Es war ein alter Mann und der fragt' ihn: »Was gehst du hier in meinem Schloss herum?«

Der Prinz antwortete: »Ich habe mich in dem Wald verirrt. Könnt' ich jetzt nicht wenigstens einen Dienst hier bekommen?«

Der Alte entgegnete: »Ja, das kannst du. Du kannst mir den Ofen schüren, Brennholz fahren und das Pferd im Stall besorgen, weiter brauchst du nichts zu arbeiten. Ich geb' dir den Tag einen Rubel Lohn; und wenn 's Essenszeit ist, findest du auf dem Tisch im Saal stets soviel dein Herz begehrt.«

Der Königssohn war 's zufrieden und blieb bei dem Alten und schürte den Ofen.

Der Alte aber kam jeden Abend mit einer Flamme zu Haus angeflogen und eines Abends, als der Prinz das Feuer ein bisschen hatte ausgehen lassen, da kam sein Herr in aller Eile angeschnaubt und er sprang auf ihn zu und fragte: »Warum brennt der Ofen nicht ordentlich? Ich hatte meine Not, noch zurechtzukommen!«, und dabei gab er seinem Knecht eine hinter die Ohren.

Da suchte denn der Prinz fortan, auf welche Art und Weise er konnte, alles recht zu machen.

Eines Tags war er im Stall bei dem Pferd und da fing das Pferd an zu sprechen und sagte: »Komm mal zu mir, ich hab dir was zu sagen. Hol mein Zaumzeug aus dem Schrank und den Sattel und sattle mich. Und sieh dort, da ist eine Flasche, da ist eine Salbe drin, mit der bestreich dir die Haare. Und dann trag alles Brennholz, was da ist, zusammen und steck es in den Ofen, bis er voll ist.« Das tat er denn auch: er sattelte das Pferd, strich die Salbe über seine Haare und da wurden die von Diamant und glitzerten und funkelten und alsdann heizte er den Ofen gehörig ein, also dass das Haus Feuer fing. Und jetzt sagte das Pferd: »Nun nimm auch noch aus dem Schrank den Spiegel und die Bürste und die Peitsche, dann setz dich auf mich und reit wacker zu, denn das Feuer brennt jetzt gut.«

Der Prinz tat, wie ihn das Pferd hieß, und wie er jetzt aufsaß, da ging's davon, dass er in einer Stunde schon drei Länder hinter sich hatte. Der Alte kam zu Haus angeflogen und da er den Knecht und das Pferd nicht fand, setzte er sich auf ein andres Pferd, das er hatte, und jagte dem Prinzen nach. Des Prinzen Pferd sprach: »Schau hinter dich, ob du den Teufel nicht siehst.« (Der Alte war nämlich der Satan.) Und wie der Prinz sich umdrehte, da sah er schon in der Ferne eine Rauchwolke und sagte das dem Pferd.

»Reit zu!«, sprach das Pferd.

Und wie er wieder ein Weilchen geritten war, sagte das Pferd wieder: »Schau jetzt hinter dich, ob er noch weit ist.«

»Er ist schon ganz nahe«, rief der Prinz.

»So wirf den Spiegel weg.«

Das tat er und als jetzt des Alten Pferd auf den Spiegel trat, klirr klirr und da stürzte das Tier zusammen. Drauf kehrte der Alte nach Hause zurück, beschlug das Pferd frisch und setzte seinem Knecht wieder nach; es war ihm aber weniger um den zu tun als um das Pferd, das er mitgenommen hatte. Der Prinz hatte nun wieder etliche Länder durchritten, da sagte das Pferd: »Steig ab, leg das Ohr an die Erde und höre, ob er noch nicht wieder hinter uns ist.«

Der Prinz stieg ab und da hörte er, dass der Boden dröhnte.

»Ja, er muss schon wieder hinter uns her sein«, sagte er, »die Erde dröhnt.« »Dann flink auf mich, dass wir weiter kommen«, sprach das Pferd.

Der Ritt ging eine gute Strecke weiter, da sprach das Pferd wiederum: »Schau zurück, ob er noch nicht zu sehn ist.«

»Ja, ich sehe schon einen Feuerschein, aber er ist noch fern.«

»Nur weiter, nur weiter!«

Über eine Weile sprach wieder das Pferd: »Schau zurück, er kann nicht mehr weit sein.«

Der Prinz drehte sich um und sagte: »Er ist dicht hinter uns, die Lohe fasst uns beinahe schon an!«

»So wirf die Bürste weg«, sprach das Pferd und die Bürste verwandelte sich im Nu in einen Wald, der war so dicht, dass kein Vogel den Schnabel hätte hineinstecken können, und wie der Alte jetzt drauflos ritt, da blieb er in dem Gestrüpp hängen. Drauf ritt er wieder heim, holte sich ein Beil, mit dem hieb er sich einen Weg durch den Wald, brachte dann die Axt erst noch wieder nach dem Schloss zurück und wie er sich jetzt von neuem aufmachte, da war der Prinz wiederum etliche Länder weiter. Jetzt sprach das Pferd: »Horch einmal, ob sich noch nichts hören lässt.«

Er drehte sich um und sprach: »Ja, ich höre ihn schon heransausen.«

»Na, dann reit schnell zu!«

Aber nach einer Weile: »Schau, ob er noch nicht zu sehn ist.«

Er drehte sich um und sprach: »Ja, schon seh ich das Feuer«, und da sagte das Pferd: »So wirf die Peitsche weg«, und die Peitsche dehnte sich im Nu zu einem großen Fluss.

Der Alte kam heran und machte sich mit seinem Pferd daran, den Fluss auszutrinken, sie tranken und tranken und des Wassers wurde immer weniger. Mit Schrecken sahen jetzt der Prinz und sein Pferd, dass nur noch eine schmale Pfütze übrig war, aber da hatten der Alte und sein Pferd auch schon genug und sie platzten.

Jetzt ritt der Königssohn ein Stückchen von dem Fluss weg aufs Feld und da sprach das Pferd zu ihm: »Nun kannst du absteigen und brauchst nichts mehr zu fürchten, der Satan ist tot. Geh hier ans Ufer, da findest du einen Stock, mit dem schlag auf den Boden, dann zeigt sich eine Tür.«

Als der Königssohn mit dem Stock auf die Erde schlug, da öffnete sich eine Tür, die führte nach einem unterirdischen Königsschloss und das Pferd sprach: »Führ mich in das Schloss, da werd ich bleiben, du aber geh hier durch das Feld, bis du an einen Garten kommst, wo ein König sein Schloss hat, da frag nach, ob du nicht einen Dienst bekommen kannst. Und wenn du einen bekommst, so vergiss meiner nicht.«

Sie verabschiedeten sich und das Pferd sagte ihm noch, dass er die Leute seine diamantnen Haare nicht solle sehn lassen. Wie nun der Prinz durch das Feld ging, kam er auch an den Garten und als er durch den Garten gehen wollte, da sah ihn ein Gärtner, der fragte ihn: »Wohin willst du?«

Der Königssohn aber war wie ein armer Mann gekleidet und er antwortete: »Ich gehe einen Dienst suchen.«

»Na, den kannst du bei mir haben, wir brauchen einen, der die Wege im Garten rein hält und Erde wegfährt. Du kriegst ein Arbeitspferd und den Tag zwei Gulden Lohn und dein Essen.«

Der Prinz war 's zufrieden und er ging an die Arbeit. Das Essen aber, das man ihm gab, das aß er nicht ganz auf, sondern wenn es Feierabend war, brachte er den Rest seinem Pferd am Ufer und das Pferd dankte ihm, dass er seiner nicht vergessen hatte.

Eines Abends nun sprach das Pferd zu ihm: »Morgen werden nach eurem Schloss von weit und breit Könige und allerlei Prinzen und reiche Kaufherrn gefahren kommen, die sind alle noch Junggesellen. Diese Herren werden sich auf dem Schlosshof in eine Reihe aufstellen. Nun hat der König drei Töchter und da wird jede Tochter einen diamantnen Apfel in die Hand nehmen und den rollen lassen und der, zu dessen Füßen der Apfel rollt, wird ihr Bräutigam. Sei du aber in der Zeit im Garten bei deiner Arbeit. Da wird der Apfel der jüngsten Prinzessin, die die schönste von allen ist, zu dir in den Garten gerollt kommen und wenn er heranrollt, so heb ihn nur auf und steck ihn in die Tasche.«

Tags darauf, als die Freier alle versammelt waren und des Königs Töchter die diamantnen Äpfel hinwarfen, da rollte der Ältesten Apfel zu den Füßen eines Prinzen, der der zweiten zu den Füßen irgendeines reichen Kaufherrn, der Apfel der jüngsten Prinzessin aber rollte an allen Freiern vorbei, rollte gradaus in den Garten und dort rollte er grades Wegs vor die Füße des Gärtnerburschen und der hob ihn auf und steckte ihn in die Tasche. Des Königs Herz hing an der jüngsten Tochter; aber er musste dem Gärtnerburschen die Prinzessin zur Frau geben und da wurde gleich die dreifache Hochzeit gefeiert. Danach aber musste der Gärtnerbursche mit seiner Frau abseits eine Stube beziehen und er blieb, was er gewesen war.

Über einige Zeit geschah es, dass sich etliche Länder wider den König empörten und da musste der König in den Krieg ziehen und ließ seine Schwiegersöhne mitreiten. Aber der Mann seiner jüngsten Tochter hatte nur sein Arbeitspferd und der König sprach: »Ein andres Pferd als das geb ich dir nicht.«

Er ging also in den Garten, nahm sein Pferd her und setzte sich darauf. Wie er aber jetzt losreiten wollte, stürzte das Pferd gleich zu Boden. Da ließ er das Tier liegen und ging zu seinem Pferd in dem Schloss am Ufer. Das Pferd sprach zu ihm: »Nimm rasch mein Zaumzeug und den Sattel und sattle mich und geh dort in das Zimmer, da findest du einen Anzug und einen Säbel, die tu um und dann wollen wir reiten.«

Das tat er und als er sich aufgesetzt hatte, da funkelte er wie die Sonne und sogleich erhob er sich in die Lüfte und flog dahin, wo sein Schwiegervater mit den Feinden kämpfte. Wie er aber jetzt mit seinem Säbel einzuhauen begann, da hatte der König schon nur noch ein kleines Häuflein von seinem Heer übrig und da hieb sein Schwiegersohn die Feinde im Nu alle zu Schanden und da hatte der König gewonnen. Als der und seine zwei andern Schwiegersöhne das sahen, riefen sie: »Ein Gott, ein Gott hat uns siegen geholfen!«

Und sie wollten ihn festhalten, aber er erhob sich in die Luft und flog davon. Am andern Tag standen noch mehr Länder gegen den König auf und da mussten wieder alle in den Krieg reiten.

»Lieber Vater«, sprach der Prinz zum König, »lass mich auch mit in den Krieg reiten.«

Aber der König antwortete: »Was willst du Dummkopf in den Krieg reiten! Ich hab gar kein Pferd für dich. Dort drüben fährt eine Hirte Spreu, dessen Pferd magst du dir nehmen, da kannst du auf dem mitreiten.«

Da nahm er denn dieses Pferd her und setzte sich darauf, aber wie er jetzt losreiten wollte, fiel das Tier auch schon zu Boden. Der Prinz packte darauf das Pferd am Schweif, lud es auf den Rücken und trug 's in den Garten und er blieb im Garten zurück, indes alle andern in den Krieg ritten. Aber er ging jetzt wieder zu seinem andern Pferd am Flussufer und rüstete sich wieder, wie es ihm das Pferd gebot, zum Kampf. Sogleich erhob er sich in die Lüfte und flog nach dem Kampfplatz. Dort hieb er mit seinem Säbel ein und im Nu hatte er wieder alles zusammengehauen. Wiederum wollten sie ihn festhalten und riefen: »Ein Gott, ein Gott hat uns im Kampf beigestanden!«

Aber sie kriegten ihn nicht zu fassen, denn der Gott erhob sich wieder in die Luft. Danach, als alle wieder zu Haus waren, war das allgemeine Gespräch, wer das nur gewesen sein möchte, der ihnen im Kampf so tüchtig geholfen hätte. Den nächsten Tag empörten sich noch mehr Länder wider den König und der König ließ das Aufgebot ergehen und wieder rüstete sich alles zum Krieg. Aber auch unser Prinz wollte wieder mitreiten, sein Schwiegervater jedoch wollte ihm kein Pferd geben und sprach: »Dort drüben fährt ein Hirtenjunge Holz, dessen Pferd kannst du dir nehmen.«

Er setzte sich denn auch auf das Pferd und wie er übern Schlosshof reiten wollte, da fiel er wieder gleich mit seinem Pferd hin. Und er ließ das Pferd liegen, ging nach dem Garten und vom Garten wieder zu seinem Pferd am Ufer. Das Pferd befahl ihm, er solle sich schön schmücken, noch schöner wie die beiden andern Male, und nachdem er das getan, saß er auf, erhob sich in die Lüfte und flog davon. Er hieb wieder in die Feinde ein und hieb ihr ganzes Heer zu Schanden. Aber dabei geschah es, dass ihm einer von den Feinden das Bein durchhieb, und alsobald nahm der König sein Schnupftuch, auf dem sein Vor- und Zuname stand, und verband ihm das Bein und er setzte ihn auf seinen Wagen und wollte ihn heimfahren. Allein das Pferd sprach zum Prinzen: »Behalt mich bei dir und leg die Hände auf mich und wenn sie auch sprechen: Gib her, wir wollen das Pferd heimführen, so gib mich nicht hin. Und wenn du dann ein Endchen gefahren bist, so spring flink auf mich und wir fliegen dann davon.«

So geschah es denn auch: so sehr sie ihn auch baten, sie wollten ihm das Pferd heimführen, so gab er es ihnen doch nicht. Und wie er jetzt aufs Pferd gesprungen war und davonflog, da riefen wiederum alle: »Es ist ein Gott, es ist ein Gott!«

Der Krieg war jetzt aus und alle Leute unterhielten sich von dem Prinzen und sagten: »Wer mag es nur gewesen sein? Er hat uns geholfen; es muss doch am Ende ein Gott gewesen sein.«

Der König aber sprach: »Wenn ich ihn noch einmal zu sehn bekäme und es wäre doch ein Mensch, so würde ich ihm eines meiner Länder verschreiben.«

Der Prinz hatte sich, als er heimgekommen war, in sein Bett gelegt und einige von seinen diamantnen Haaren guckten unter seinem Hut hervor. Seine Frau aber schaute durch das Schlüsselloch und sah, dass die Stube ganz hell war, und dachte, was mag das nur sein? Sie ging hinein und da sah sie, dass das ihres Mannes Haare waren, und sie befühlte die Haare und freute sich, dass sie so schön waren; ihr Mann schlief aber nicht fest, sondern war nur so ein bisschen eingenickt. Und jetzt sah sie auch, dass sein Fuß verbunden war und dass das ihres Vaters Schnupftuch war. Da lief sie zu ihrem Vater hin und erzählte es ihm. Und wie der nun herbeigelaufen kam und sah, dass es derselbe war, der im Krieg dabei gewesen war, was da für eine Freude unter ihnen war! Und das Pferd, das in dem unterirdischen Palast am Flussufer war, verwandelte sich jetzt in einen Menschen und der Palast stieg über die Erde herauf. Das Pferd war aber der König des Schlosses und der Prinz hatte sich und den König aus der Hölle befreit. Der Alte war der Teufel gewesen, er hatte den König geholt und in ein Pferd verwandelt. Und der König hatte jetzt sein Königreich wieder und regierte jetzt wieder. Und er und der Prinz regieren heutigen Tags noch, wenn sie nicht gestorben sind.

[Märchen aus Litauen]

Friedrich Goldhaar

Vor dieser Zeit ist mal ein armer Mann gewesen, der hatte einen einzigen Sohn mit Namen Friedrich; und es begab sich, als er gerade sechzehn Jahre alt war, dass an dem nämlichen Tage ein Wagen mit vier Hengsten bespannt vor des Mannes Türe hielt, da stieg ein vornehmer Herr heraus, trat ein und fragte den armen Mann, ob er ihm nicht einen Knecht wüsste, der Friedrich hieße und gerade sechzehn Jahre alt wäre.

»Da kommt Ihr eben in das rechte Haus«, sagte der Mann, »mein Sohn Friedrich hat heute seinen sechzehnten Geburtstag.«

Sprach der Fremde: »So will ich ihn, wenn es Euch recht ist, in meine Dienste nehmen und will Euch im Voraus den Lohn bezahlen, aber nur unter der Bedingung kann er mein Knecht sein, dass er sieben volle Jahre aushält und in den sieben Jahren niemals nach Hause geht.«

Damit war der Mann zufrieden; der Fremde warf einen schweren Beutel mit Geld auf den Tisch, nahm seinen Knecht Friedrich mit in seinen Wagen und fort ging's wie der Wind, dass den vier Hengsten die Mähnen sausten. Eine Stunde mochten sie wohl gefahren sein, da ließ der Herr den Wagen halten und sprach: »Friedrich, sieh mal hinaus!«

»Ja, Herr!«

»Friedrich, was siehst du?«

»Ach Herr«, sprach Friedrich, »ich sehe ein schönes Schloss, das liegt nicht weit von hier.«

Sprach der Herr: »Hier hast du meine Uhr, Friedrich, die ist gerade zehn; nun geh, derweil ich auf dich warte, nach dem Schlosse, da wirst du gut bewirtet werden, aber Punkt elf, nicht früher und nicht später, gehst du wieder fort und was man dir dann gibt, das bringe mit.«

»Gut, Herr!«, sprach Friedrich und ging in das Schloss; da waren viele Diener, die trugen gutes Essen auf und luden den Friedrich zum Sitzen ein. Der ließ sich auch nicht lange nötigen, aß und trank nach Herzenslust und nach dem, da es ihm bald Zeit dünkte, sah er nach der Uhr und weil es nahe vor elfe war, so brach er auf zum Weitergehen. Da wurde ihm ein Hammelbraten gereicht, den nahm er mit, wie ihm sein Herr befohlen hatte. Als er nun wieder an den Wagen kam, fragte der Herr: »Nun, Friedrich, was bringst du mit?«

»O Herr, sie haben mir einen Hammelbraten gegeben!«

»Schön, Friedrich«, sprach der Herr, »lege ihn nur hinten in den Kutschkasten, wir werden ihn heute wohl noch nötig haben.«

Friedrich tat, wie ihm geheißen war. Dann stieg er wieder zu seinem Herrn in den Wagen und fort ging's wie der Wind, dass den vier Hengsten die Mähnen sausten.

So mochten sie wohl eine Stunde gefahren sein, da ließ der Herr den Wagen halten und sprach: »Friedrich! Sieh mal hinaus!«

»Ja, Herr!«

»Was siehst du, Friedrich?«

»O Herr, ich sehe nicht weit von hier ein Schloss, das ist noch viel schöner als das erste war.«

Sprach der Herr: »Hier hast du meine Uhr, Friedrich, die ist gerade zwölf; nun geh, derweil ich auf dich warte, in das Schloss, da wirst du noch besser bewirtet werden als das erste Mal; aber Punkt eins, nicht früher und nicht später, gehst du wieder fort und was man dir dann gibt, das bringe mit!«

»Gut, Herr!«, sprach Friedrich und ging in das Schloss; da waren noch viel mehr Diener als in dem ersten Schloss; die trugen Speisen und Weine auf von allen Sorten und luden den Friedrich zum Sitzen ein. Er ließ sich auch nicht lange nötigen, aß und trank nach Herzenslust und als die Uhr nahe vor eins war, rüstete er sich zum Weitergehen. Da wurde ihm ein Gänsebraten gereicht, den nahm er mit, wie ihm sein Herr befohlen hatte. Als er nun wieder zurück an den Wagen kam, so fragte der Herr: »Nun, Friedrich, was bringst du mit?«

»O Herr, sie haben mir diesmal einen Gänsebraten gegeben!«

»Schön, Friedrich; lege ihn nur hinten in den Kutschkasten, wir werden ihn wohl heute noch gebrauchen können.«

Friedrich tat, wie ihm geheißen war; dann stieg er wieder zu seinem Herrn in den Wagen und fort ging's wie der Wind, dass den vier Hengsten die Mähnen sausten.

Eine Stunde wohl mochten sie so gefahren sein, da ließ der Herr den Wagen zum dritten Male halten und sprach: »Friedrich, sieh mal hinaus!«

»Ja, Herr!«

»Friedrich, was siehst du nun?«

»O Herr! Nun sehe ich nicht weit von hier ein Schloss, das ist so schön, wie ich in meinem ganzen Leben noch keins gesehen habe.«

Sprach der Herr: »Hier, Friedrich, hast du meine Uhr, die ist gerade zwei; nun geh, derweil ich auf dich warte, in das Schloss, da wird man dich bewirten wie noch nie; aber Punkt drei Uhr, nicht früher und nicht später, gehst du wieder fort und was man dir dann gibt, das bringe mit.«

»Gut, Herr!«, sprach Friedrich und ging in das Schloss; da war ein Leben und Gewühl von Dienern, nicht anders wie an eines Königs Hofe, die trugen die köstlichsten Speisen und Weine auf und luden den Friedrich zum Sitzen ein. Er ließ sich auch nicht lange nötigen, aß und trank nach Herzenslust und als die Uhr nahe vor drei war, rüstete er sich zum Weitergehen. Da wurde ihm ein Schweinsbraten gereicht, den nahm er mit, wie ihm sein Herr befohlen hatte. Als er nun wieder zurück an den Wagen kam, so fragte der Herr: »Nun, Friedrich, was bringst du diesmal mit?«

»O Herr; sie haben mir einen Schweinsbraten gegeben.«

»Schön, Friedrich; lege ihn nur hinten in den Kutschkasten; wir werden ihn wohl heute noch gebrauchen können.«

Friedrich tat, wie ihm geheißen war; dann stieg er wieder zu seinem Herrn in den Wagen und fort ging's wie der Wind, dass den vier Hengsten die Mähnen sausten.

Wohl eine Stunde mochten sie so gefahren sein, da ließ der Herr zum vierten Male halten.

»Friedrich!«, sprach er wieder; »sieh mal hinaus!«

»Ja, Herr!«

»Friedrich, was siehst du denn nun?«

»O Herr, ich sehe nicht weit von hier ein Schloss, das ist so erbärmlich schlecht, wie ich in meinem ganzen Leben noch keins gesehen habe.«

»Das ist aber gerade das Schloss, mein lieber Friedrich, wo du die sieben Jahre dienen musst. Jetzt nimm die drei Braten, die wirst du gut gebrauchen können; denn um auf das Schloss zu kommen, musst du durch drei Pforten; vor der ersten liegt ein Löwe, vor der zweiten ein Bär, vor der dritten ein Wildschwein; dem Löwen gibst du den Hammelbraten, dem Bären den Gänsebraten und dem Wildschwein den Schweinsbraten, so werden sie dich frei passieren lassen; in dem Schlosse aber wirst du einen finden, der wird dir deine Arbeit geben. Leb wohl, Friedrich und halt dich gut!«

Friedrich stieg aus, wie ihm sein Herr befohlen, und fort rollte der Wagen wie der Wind, dass den vier Hengsten die Mähnen sausten.

Als Friedrich nun auf das Schloss wollte, so lag vor der ersten Pforte ein Löwe, dem gab er den Hammelbraten; vor der zweiten Pforte lag ein Bär, dem gab er den Gänsebraten, vor der dritten Pforte aber lag ein Wildschwein, dem warf er den Schweinsbraten hin; da ließen ihn die Tiere frei in das Schloss hinein. Kaum war er eingetreten, so kam ihm gleich ein graues Männchen entgegen.

»Sieh! Friedrich! Bist du da?«, sprach das Männchen; »auf dich habe ich schon lange gewartet. Nun merk auf! Hier hast du ein kleines Stöckchen, damit kannst du dir das nötige Essen schaffen. In meinem Stalle steht sodann ein Schimmel und ein Esel; dem Schimmel gibst du Aas zu fressen, dem Esel Heu; tust du aber anders und gibst dem Schimmel Heu und dem Esel das Aas, so musst du sterben. Ferner siehst du da im Hofe zwei Brunnen; aus dem einen, der offen ist, kannst du trinken und auch dem Vieh daraus zu saufen geben, der andere ist mit einer Falltüre verschlossen, da darfst du aber niemals hineinsehen; tust du 's doch, so musst du sterben. Noch eins! Merke dir diese Zimmertür; lässt du dir jemals einfallen, sie aufzumachen, so musst du sterben. Nun weißt du, was du zu tun und wie du dich in deinen sieben Dienstjahren zu verhalten hast. Adieu!«

Damit ging das Männchen fort.

Friedrich trat nun seinen Dienst an, fütterte zur rechten Zeit den Schimmel mit Aas und den Esel mit Heu und tränkte sie aus dem offenen Brunnen, wie das Männlein ihm geboten hatte. Mit Hilfe seines Stöckleins wünschte er sich Essen herbei, so viel er mochte; hütete sich auch wohl, in den verdeckten Brunnen zu sehen oder das verbotene Zimmer aufzumachen. So vergingen drei Jahre. Nun hatte er aber, da er so plötzlich von Haus fort gekommen war, nicht daran gedacht, Kamm und Schere mitzunehmen, darum wuchs ihm sein Haar zuletzt so lang, dass es in verwilderten Locken tief über seinen Nacken hinabwallte.

Drei Jahre lang hatte er pünktlich getan, was ihm befohlen war, da fasste ihn ein heftiges Verlangen, einmal zu sehen, was wohl in dem verbotenen Zimmer sein möchte. Kaum aber hatte er die Türe aufgemacht, so schlug ihm daraus mit Qualm und Dampf die heiße, lichte Lohe entgegen und in demselben Augenblicke erschien auch das graue Männchen, das sich sonst in den drei Jahren gar nicht wieder hatte sehen lassen.

»Friedrich, du hast geguckt!«, sprach es drohend; »diesmal soll es noch so hingehen; tust du es aber noch ein einziges Mal wieder, so musst du ohne Gnade sterben!«

Damit verschwand es.

»Ich werde mich wohl hüten«, dachte Friedrich; »in einem Zimmer voll Feuer und Flammen habe ich nichts zu suchen.«

So ging wieder ein Jahr dahin; er tat pünktlich, was ihm befohlen war, fütterte den Schimmel mit Aas und den Esel mit Heu und tränkte sie aus dem offenen Brunnen. Aber einstmals, da er wieder Wasser schöpfte, trieb ihn doch die Neugierde so sehr, dass er hinging und den verdeckten Brunnen aufmachte und sich hinüberbeugte, zu schauen, was wohl darinnen wäre. Da fielen seine langen Locken in das Wasser hinab und als er sie zurückzog, waren sie, so weit das Wasser gereicht, ganz golden geworden. Da schöpfte er mit den Händen noch mehr von dem Wasser und wusch sein ganzes Haar damit, das glänzte nun mitsamt den Händen wie eitel Gold. In dem nämlichen Augenblicke erschien aber auch schon das graue Männchen wieder.

»Friedrich!«, sprach es drohend; »du hast geguckt! Tust du das noch ein einziges Mal, so musst du sterben ohne Gnade und Barmherzigkeit.«

Damit verschwand es. Friedrich aber, dem die Sache noch jedes Mal so glücklich abgelaufen war, nahm sich vor, nun auch dem Schimmel nicht mehr Aas, sondern Heu und dem Esel nicht mehr Heu, sondern Aas zu geben. Gedacht, getan. Sobald aber der Schimmel das Heu zu fressen kriegte, fing er mit einem Male zu sprechen an.

»Friedrich«, sprach der Schimmel, »es wird uns beiden schlimm ergehen, wenn wir nicht suchen, zeitig von hier wegzukommen; heut Mittag um zwölf halte dich zur Flucht bereit, aber vergiss nicht, meinen Kamm, meine Bürste und meinen Staublappen mitzunehmen, sie können uns vielleicht von größtem Nutzen sein.«

Friedrich, dem es auf dem alten einsamen Schlosse auch gar nicht mehr recht gefallen wollte, tat, wie der Schimmel ihm geheißen hatte; er umwickelte sich aber Kopf und Hände mit

Tüchern, dass von dem Golde nichts mehr zu sehen war, dann sattelte er den Schimmel und um Punkt zwölf Uhr schwang er sich auf und jagte ins Weite, so schnell der Schimmel nur laufen konnte.

Nicht lange waren sie geritten, da rief der Schimmel: »Friedrich, sieh dich mal um, ob auch wer kommt!«

»O weh!«, sprach Friedrich, »ich sehe das graue Männchen, das ist schon ganz dicht hinter uns!«

»So wirf schnell den Kamm zurück!«

Friedrich tat es und alsbald wurde daraus ein langer tiefer Graben, den musste das Männchen erst umgehen, eh es weiter konnte. Aber es dauerte nicht lange, da rief der Schimmel wieder: »Friedrich, sieh dich mal um, ob auch wer kommt!«

»O weh!«, sprach Friedrich; »ich sehe das graue Männchen, das ist schon wieder ganz nahe hinter uns.«

»So wirf schnell die Bürste zurück!«

Friedrich tat es und sogleich entstand daraus ein dichter, ganz mit Dorngebüsch durchwachsener Wald, da musste das Männchen erst mit Mühe hindurch, ehe es weiter konnte.

Aber es dauerte nicht lange, als der Schimmel zum dritten Male rief: »Friedrich, sieh dich mal um, ob auch wer kommt!«

»O weh!«, sprach Friedrich, »ich sehe das graue Männchen, das ist schon wieder ganz nahe hinter uns.«

»So wirf schnell den Staublappen zurück!«

Kaum war es geschehen, so entstand daraus ein großes, großes Wasser, das war so tief und es gingen so hohe Wellen darauf, dass das Männlein nicht hinüber konnte und verdrießlich wieder nach Hause lief.

Friedrich ritt nun gemächlich weiter und als er gegen Abend über einen Hügel kam, sah er auf einmal vor sich in der Ebene ausgebreitet eine prächtige Stadt, deren Türme glänzten weithin von den Strahlen der roten Abendsonne. Es war das aber die Stadt, wo der König Hof hielt. Nun stand nicht weit vom Wege ab ein großer hohler Eichbaum, als den der Schimmel sah, sprach er: »Ich will hier in dem hohlen Baume bleiben; du aber geh hin an den königlichen Hof und vermiete dich als Küchenjunge; alle vierzehn Tage musst du aber kommen und mir ein Pfund Brot bringen.«

So blieb der Schimmel in der hohlen Eiche; Friedrich aber ging an den königlichen Hof und fragte den König, ob er nicht einen Küchenjungen gebrauchen könnte.

»Du kommst mir recht«, sprach der König, »einen Küchenjungen habe ich gerade nötig. Aber was heißt denn das? Du hast ja deinen Kopf und deine Hände verbunden.«

»Mit Verlaub, Herr König! Ich habe einen bösen Grind.«

Sprach der König: »So kann ich dich nur unter der Bedingung in meine Dienste nehmen, dass du des Nachts bei dem Vieh im Stalle liegst.«

Friedrich war damit zufrieden und wurde nun des Königs Küchenjunge; das Gesinde aber nannte ihn nicht anders als den Grindhans, darum, dass er Kopf und Hände stets verbunden trug.

Nach vierzehn Tagen ging er zu der hohlen Eiche und brachte dem Schimmel ein Pfund Brot. Da fragte der Schimmel: »Nun, Friedrich, wie gefällt dir dein Dienst?«

»Ach, schlecht«, entgegnete er; »sie schelten mich immer Grindhans und dann muss ich auch bei dem Vieh im Stalle schlafen.«

Sprach der Schimmel: »So geh hin zu dem Gärtner, der dicht neben des Königs Schlosse wohnt, bei dem verdinge dich als Gärtnerbursch. Hier, nimm diese drei Büchsen voll Samen, wenn du den ausstreust, so werden daraus die schönsten Blumen wachsen. Du darfst aber auch nicht vergessen, mir alle vierzehn Tage ein Pfund Brot zu bringen.«

Friedrich ging nun hin zu dem Gärtner und fragte, ob er nicht einen Burschen gebrauchen könnte.

»Du kommst mir gerade recht«, sprach der Gärtner; »einen Burschen, wie du bist, habe ich schon lange gesucht; aber warum hast du dir denn Kopf und Hände verbunden?«

»Mit Verlaub, Herr Gärtner; ich habe den Grind.«

Sprach der Gärtner: »So kann ich dich nicht anders behalten, als wenn du im Gartenhause schlafen willst.«

Friedrich war damit zufrieden; er streute den Samen ins Land, den ihm der Schimmel gegeben hatte, und bald wuchsen die schönsten Blumen hervor.

Eines Morgens, da er ganz allein im Garten arbeitete, fiel ihm ein: »Du hast nun so lange Zeit dein Haar nicht los gehabt, dass es wohl an der Zeit ist, es einmal zu kämmen.«

Darum machte er also das Tuch los, setzte sich an einen sonnigen Ort und strählte sich das Haar. Das war eine Pracht zu sehen, wie ihm da die langen goldenen Locken über die Schultern wallten und wie sie funkelten und blitzten wie lauter Gold in der Morgensonne. Nun lagen aber die Zimmer der königlichen Prinzessin nach dem Garten hin; in die strahlte der Sonnenwiderschein von Friedrichs Goldhaar und spielte an den Wänden und als die Prinzessin das sah, öffnete sie das Fenster, zu schauen, woher der ungewohnte Glanz wohl kommen möchte; da sah sie, dass des Gärtners Bursche mit goldenen Händen seine goldenen Locken strählte, die schimmerten in so lichtem Scheine, dass die Prinzessin ihre Augen mit den Händen deckte. Der Bursche gefiel ihr aber so wohl, dass sie sogleich ihre Dienerin zu dem Gärtner schickte, er möchte ihr doch von den schönen Blumen aus seinem Garten einen Strauß schicken, aber der Bursche solle ihn herbringen. Als das Friedrich vernahm, pflückte er einen schönen Strauß, ging damit aufs Schloss und brachte ihn der Prinzessin; seinen Kopf, wie auch seine Hände hatte er aber wieder mit Tüchern umwickelt, dass von dem Golde nichts zu sehen war.

»Grober Schlingel!«, rief da die Prinzessin, »warum nimmst du die Mütze nicht ab? Weißt du nicht, vor wem du stehst?«

»Ihr seid die königliche Prinzessin«, entgegnete Friedrich, »aber meine Mütze kann ich nicht abnehmen, weil ich den Grind habe.«

»Junge, du lügst«, rief die Prinzessin, sprang auf ihn zu und wollte ihm das Tuch vom Kopfe ziehen, er aber entwischte ihr und lief weg in den Garten an seine Arbeit. Den andern Morgen schickte die Prinzessin wieder zu dem Gärtner, er möchte ihr von den schönen Blumen noch einen Strauß schicken, aber der Bursche müsste ihn herbringen. Als Friedrich das vernahm, pflückte er einen noch viel schöneren Strauß als das erste Mal, ging damit aufs Schloss und brachte ihn der Prinzessin; sobald er aber in der Stube war, verschloss die Prinzessin die Türe.

»Grober Schlingel!«, rief sie wieder, »warum nimmst du deine Mütze nicht ab? Weißt du nicht, vor wem du stehst und dass sich das nicht schickt?«

»Ihr seid die königliche Prinzessin«, entgegnete Friedrich, »aber verzeiht! meine Mütze kann ich nicht abnehmen, weil ich den Grind habe.«

»Junge! Schelm! Du lügst!«, rief die Prinzessin, sprang auf ihn zu und rang so lange mit ihm, bis sie ihm endlich das Tuch vom Kopfe zog; da wallten ihm mit einem Male seine langen goldenen Locken über den Nacken herab.

»Das wusst' ich wohl, du Goldjunge!«, rief die Prinzessin voller Freuden, »dich will ich nun auch zu meinem Gemahle haben, es mag gehen wie es will!«

Und da fasste sie ihn bei den Locken und küsste ihn und konnte sich gar nicht satt sehen an all dem Glanze, der von dem goldenen Haare strahlte.

Es währte aber nicht lange, so ward dem Könige hinterbracht, dass sich seine Tochter zu dem Gärtnerburschen, dem Grindhans, hielte und dass sie dächte, ihn zu ihrem Gemahl zu nehmen. Darüber geriet der König in so heftigen Zorn, dass er der Prinzessin Befehl gab, das Schloss zu verlassen. Da ging sie hin zu ihrem lieben Gärtnerburschen, mit dem wohnte sie nun zusammen in dem kleinen Gartenhause.

Es begab sich aber zu derselben Zeit, dass ein mächtiger Feind mit einem großen Kriegsheere in des Königs Land fiel; da rüstete sich der König, eine Schlacht zu schlagen. Den Tag vorher aber, ehe der König auszog, kam Friedrich zu dem Schimmel in der hohlen Eiche und brachte ihm sein Brot. Da fragte der Schimmel: »Nun, Friedrich, wie gefällt es dir bei dem Gärtner?«

»Recht gut!«, entgegnete er. Sprach der Schimmel: »Morgen früh komme bei Zeiten wieder, so will ich dir einen guten Rat geben.«

Als nun Friedrich am andern Morgen zu dem Schimmel kam, gab ihm der ein Schwert und sprach: »Es wird nicht lange währen, so kommt der König mit seinem Heere an dem Strome heraufgezogen; dann setze du dich ans Ufer und schlage mit dem Schwerte ins Wasser und sprich dazu: ›Einen erhauen, einen erstochen!‹, und wenn das Heer vorüber ist, so komm zurück.«

Friedrich tat, wie ihm der Schimmel gesagt hatte. Da nun das Heer heranzog und ihn sitzen sah, sprachen die Soldaten untereinander: »Seht! da sitzt Grindhans, des Königs Schwiegersohn!«, und spotteten über ihn.

Sobald sie aber vorüber waren, ging Friedrich schnell wieder zu dem Schimmel zurück, der gab ihm zu dem Schwerte auch noch eine prächtige Rüstung. »Friedrich«, sprach der Schimmel da, »es wird nun die Zeit sein, wo die Heere gegeneinander stoßen, darum rüste dich und reite auf den Kampfplatz, wenn du dann drei Kreuzhiebe mit deinem Schwerte tust, so werden gleich dreimal hunderttausend Feinde erschlagen liegen und der König wird heute den Sieg erlangen; verweile dich aber nicht, sondern reite, sobald es geschehen, hier zu der Eiche zurück, lege deine Rüstung ab und setze dich an den Strom und tu wie vorhin.«

Da machte Friedrich sein Goldhaar los, rüstete sich, schwang sich auf den Schimmel und ritt in vollem Galopp dem Heere nach, dass seine goldenen Locken im Winde wehten; und als er auf das

Feld kam, wo die Heere aneinander waren, tat er drei Kreuzhiebe mit seinem Schwerte, da lagen gleich dreimal hunderttausend Feinde erschlagen, die andern flohen. So war an diesem Tage die Schlacht für den König gewonnen. Da rief der König: »Nun bringt mir den Reiter mit dem Goldhaar her, dass ich sehe, wer er ist und ihn belohnen kann, denn er allein hat uns den Sieg erstritten!«

Er war aber nirgends mehr zu finden; denn Friedrich, nachdem die Schlacht entschieden, war sogleich wieder davongeritten. Er brachte den Schimmel wieder in die hohle Eiche, legte die blanke Rüstung ab und umwand seinen Kopf mit dem Tuche; danach ging er an den Strom und haute mit dem Schwerte ins Wasser und sprach dabei in einem fort: »Einen erhauen, einen erstochen; einen erhauen, einen erstochen!«

Da nun das Heer, des Sieges froh, mit voller Musik stromab den Heimweg zog und die Soldaten den Friedrich an dem Strome sitzen sahen, sprachen sie untereinander: »Seht! da sitzt Grindhans, des Königs Schwiegersohn!«

Als sie aber vorüber waren, brachte Friedrich dem Schimmel das Schwert zurück. Da sprach der Schimmel: »Morgen früh komm wieder und tu, wie du heute getan hast, denn es wird noch eine zweite Schlacht zu schlagen sein, weil des Königs Feinde sich wieder gesammelt haben.«

Es kam auch, wie der Schimmel gesagt hatte. Den andern Morgen zog der König mit seinem Heere den Strom hinauf und die Soldaten hatten über Friedrich ihren Spott und sprachen untereinander: »Seht! da sitzt der Grindhans, des Königs Schwiegersohn!«

Er aber wartete, bis sie vorüber waren; dann rüstete er sich, schwang sich in den Sattel und jagte ihnen nach in vollem Galopp, dass seine goldenen Locken im Winde wallten. Es war auch die höchste Zeit, dass er auf dem Schlachtfelde ankam, denn schon war des Königs Heer im Weichen. Da schwang er rasch sein Schwert und tat diesmal fünf Kreuzhiebe, da lagen fünfmal hunderttausend Feinde erschlagen und waren alle tot bis auf den letzten Mann.

Es hatte aber der König diesmal den Befehl gegeben, wenn der Reiter mit dem Goldhaar wiederkäme, dass man ihn um jeden Preis anhalten, oder, wenn er entflöhe, auf ihn schießen sollte, so groß war des Königs Verlangen, zu wissen, wer er war und woher er käme. Da nun Friedrich, als der Sieg entschieden, rasch davonjagte und die Soldaten sahen, dass sie ihn nicht fangen konnten, gaben sie Feuer; er entkam aber glücklich; nur eine Kugel schrammte ihm das Bein.

Nachdem er nun in der hohlen Eiche seinen Waffenschmuck wieder abgelegt und sein Haar mit dem Tuche umwunden hatte, setzte er sich an das Wasser; und als das Heer nun unter voller Musik den Strom hinabmarschierte, sprachen die Soldaten spottend: »Seht! da sitzt Grindhans, des Königs Schwiegersohn!«

Er aber kehrte sich nicht daran, sondern brachte, da sie vorüber waren, dem Schimmel das Schwert zurück. Da sprach der Schimmel: »Jetzt, Friedrich, ist deine Prüfungszeit zu Ende; darum so binde deine Locken los, rüste dich und ziehe an den Hof des Königs. Erst aber tu mir den Gefallen und schlag mir den Kopf ab, dass ich nun auch erlöst werde.«

Weil nun der Schimmel so sehr darum bat, so fasste Friedrich das Schwert und hieb ihm den Kopf ab. Sobald aber das Blut floss, verwandelte sich der Schimmel in eine schöne Dame und die war niemand anders als die Schwester des Königs, welche in den Schimmel war verwünscht gewesen. Da ging Friedrich mit ihr an den königlichen Hof und gab sich zu erkennen und erzählte dem Könige, wie das alles so gekommen war. Da ward auch die Prinzessin aus dem Gartenhause geholt und der König vermählte sie nun mit Friedrich und stellte eine große Hochzeit an; und als sie zur Kirche gingen, erstaunte alles Volk und freute sich über Friedrichs goldene Locken und Hände, die blitzten und funkelten wie lauter Gold im Sonnenlichte.

[Märchen aus Deutschland]

Der böse Gutsherr

In alten Zeiten lebte ein sehr böser Gutsherr. Dieser machte seinen Knechten das Leben sauer. Sie mussten von Sonnenaufgang bis Sonnenuntergang auf den Feldern arbeiten. Ihr eigenes Stück Land konnten sie nur nachts bestellen. Um die Mittagszeit, wenn die Sonne am höchsten stand, ruhten sich die Landarbeiter der anderen Güter stets aus und nahmen ihre Mahlzeit ein. Dazu konnten sie sich im Schatten niederlassen. Nicht so bei dem bösen Gutsherrn, der erlaubte ihnen noch nicht einmal, sich so lange hinzusetzen, wie sie ihr Brot aßen.

Eines Tages im Juli, als die Sonne heiß herabbrannte, hatten sich die Knechte heimlich hinter eine Scheune gesetzt, um dort zu essen und neue Kraft zu schöpfen. Doch da kam auch schon der Gutsherr und hielt einen Knüppel in der Hand. Er prügelte sie. Auf einmal stand ein alter Mann vor ihm, den niemand jemals zuvor gesehen hatte, und sprach: »Du hast genug Menschen geschunden. Jetzt sollst du selbst erleben, wie das ist.«

Kaum hatte er diese Worte gesprochen, da war der Gutsherr in ein Pferd verwandelt und der Fremde führte es mit sich.

Es war aber zu derselben Zeit Pferdemarkt in der Stadt. Der alte Mann verkaufte dort das Pferd an einen fahrenden Händler, der tagaus, tagein über die Landstraßen fuhr und seine Waren anbot.

Der Alte sprach zu dem Händler: »Dieses Pferd ist sehr kräftig und durchaus imstande, große Lasten zu ziehen. Es hat aber zwei Besonderheiten: Es frisst nichts anderes als Langstroh und es muss tüchtig gepeitscht werden, sonst geht es keinen Schritt.«

»Daran soll es nicht mangeln«, sprach der Händler, »Langstroh ist das billigste Futter und meine Peitsche werde ich nicht schonen.«

Nun fing eine wahre Leidenszeit für das Pferd an. Es wurde ganz geschwächt vom Langstroh und litt unter den Peitschenhieben, mit denen es stets angetrieben wurde.

Nachdem ein Jahr vorübergegangen war, es war wieder im Juli, an einem heißen, wolkenlosen Tag, schleppte sich das Pferd des Händlers über die staubige Landstraße. Als es Abend wurde, war es an seinem ehemaligen Gut angelangt. An derselben Scheune wurde es angebunden, an der der Zauber begonnen hatte. Wieder wurde ihm nur etwas Langstroh vorgeworfen.

In jener Nacht aber war die Zeit der Strafe zu Ende und der Gutsherr erhielt seine frühere Gestalt zurück. Er ging zu seiner Frau ins Gutshaus hinein, erzählte ihr alles und bat um etwas Essen.

»Ach«, rief die Frau, »ich habe nur ein wenig Gerstengrütze da, wie sie die Dienstleute zum Abendbrot bekamen.«

»Ich habe solchen Hunger, dass mir auch die einfachste Grütze gut schmecken wird«, antwortete der Gutsherr, »ich habe ja immer nur Langstroh zu fressen bekommen. Ach, hättest du nicht dem Händler eine Mütze voll Hafer für sein armes, ausgehungertes Pferd geben können?«

»Einen ganzen Sack voll hätte ich ihm gegeben, wenn ich nur gewusst hätte, dass du das Pferd bist.«

Von diesem Tage an hatten die Knechte ein gutes Leben. Man gab ihnen nie mehr ein böses Wort.

[Märchen aus Lettland]

Das Märchen von der Königstochter, die in ein Pferd verwandelt war

Einem Königspaar verschwand auf unerklärliche Weise ihre Tochter. Darauf ließ der König im ganzen Land verkünden, dass er demjenigen sein Reich geben wolle, der ihm seine Tochter wiederbringe.

Nicht weit von dem Königreiche wohnte ein Bauer mit seinem Sohn Hördur. Eines Tages, wie der Knabe das Vieh seines Vaters hütete, kam er zufällig in einen Wald, vor dessen Betreten ihn sein Vater immer gewarnt hatte. Hier hörte er einen großen Lärm und sah eine Schar von Füllen auf sich zukommen. Sie griffen ihn an, doch er wehrte sich mit seiner Keule. Endlich kam eine braune Stute zu ihm und forderte ihn auf, sie zu besteigen. Dann eilte sie mit ihm fort, von den Füllen immer noch verfolgt. Am Abend kamen sie zu einer Hütte. Hier musste Hördur auf eindringliche Bitte des Pferdes dieses töten und in ganz kleine Stücke zerschneiden. Am andern Morgen stand das zerstückelte Pferd wieder frisch und lebendig vor der Hütte und nagte das Gras ab. Aber das Pferd hatte nun statt des Schwanzes einen Haarschweif, da Hördur vergessen hatte, den Schwanz auch zu zerbrechen. Von nun an sollten nach dem Wunsche der braunen Stute alle Pferde Haarschweife haben.

Am nächsten Abend gelangten sie zu einer anderen Hütte. Wieder musste Hördur auf eindringliche Bitte des Pferdes dieses töten und in ganz kleine Stücke zerschneiden. Dieses Mal vergaß er, einen Teil des Nackens zu zerbrechen. Am andern Morgen stand das zerstückelte Pferd wieder frisch und lebendig vor der Hütte und nagte das Gras ab. Das Pferd aber hatte eine Haarmähne. Von nun an sollten nach dem Wunsche der braunen Stute alle Pferde eine Haarmähne haben.

Am dritten Abend kamen sie wieder zu einer Hütte. Wieder musste Hördur auf eindringliche Bitte des Pferdes dieses töten und in ganz kleine Stücke zerschneiden. Dieses Mal vergaß er das Zerbrechen der Klauen. Am andern Morgen stand das zerstückelte Pferd wieder frisch und lebendig vor der Hütte und nagte das Gras ab. Von nun an mussten alle Pferde nach dem Wunsche der braunen Stute Hufeisen tragen und beschlagen werden.

Hördur ritt auf der braunen Stute weiter und sie kamen nun in das Königreich, in dem die Königstochter vermisst wurde. Hier bat Hördur auf Rat der braunen Stute um Aufnahme für den Winter. Dies wurde ihm unter der Bedingung gewährt, dass er die Diebe ausfindig mache, die den Goldschatz des Königs gestohlen hatten.

Hördur fragte die braune Stute um Rat. Diese bat ihn, mit ihr auszureiten. Als sie nicht weit vom Schlosse waren, begann die Stute zu lahmen. Hördur machte an einer Schmiede halt, um sie neu beschlagen zu lassen. Doch alle Hufeisen waren untauglich, bis der Schmied endlich die braune Stute mit einem goldenen Hufeisen beschlug. Hördur ritt nun zum Königshof zurück. Wie der König das goldene Hufeisen sah, bemerkte er, dass es aus seinem gestohlenen Schatz war. Das Haus des Schmiedes wurde durchsucht und man fand den ganzen königlichen Schatz wieder. Seine Mitschuldigen wollte der Schmied aber um keinen Preis verraten.

Nach einiger Zeit wurde der König von Wikingern zum Zweikampfe aufgefordert. Hördur bestand den Kampf für ihn und blieb mit Hilfe seiner braunen Stute Sieger.

Er sah, dass der König noch immer unter dem Verlust seiner Tochter litt, und er versprach ihm, alles zu versuchen, um die Verlorene wiederzufinden. Die braune Stute wollte hierbei jedoch nur helfen, wenn er eine Nacht bei ihr schlafe. Wie Hördur davon nichts wissen wollte, lief die Stute fort. Er suchte die Stute überall und endlich fand er sie, wie sie versuchte, ihren Kopf zwischen zwei Steinen zu zerschmettern. Von dem Anblick gerührt, versprach Hördur seiner braunen Stute, sie zu heiraten. Der König veranstaltete zur Hochzeit ein großes Festmahl. Wie Hördur mit der Stute im Bett lag, rief diese: »Hilf dem König, denn Raudur, der Minister, will ihn gerade ermorden.«

Hördur sprang auf und kam noch zur rechten Zeit, um den schlafenden König zu schützen und den Minister zu Boden zu werfen. Von dem Kampflärm erwachte der König. Nun behauptete der Minister, Hördur habe dem König nach dem Leben getrachtet. Seinen Angaben wurde geglaubt, Hördur wurde ins Gefängnis geworfen, um am andern Tage gehängt zu werden. Am andern Morgen aber fand man im Bette der Neuvermählten die verschwundene Königstochter. Sowie sie hörte, welches Schicksal ihrem Gemahl drohe, eilte sie zum König, ihrem Vater. Diesem erzählte sie, dass der Minister Raudur sie habe heiraten wollen. Weil sie sich geweigert habe, sei sie von ihm in eine braune Stute verwandelt worden. Nicht eher habe sie erlöst werden können, bis ein Mann sie dreimal in kleine Stücke zerschneide und sie heiraten würde.

Die Bosheit des Raudur kam somit an den Tag. Er wurde von wilden Pferden zerrissen. Hördur und die Königstochter feierten ein fröhliches Hochzeitsfest und lebten glücklich und zufrieden.

[Märchen aus Island]

Das treue Füllen

Hans hatte sich bei einem Müller verdungen um drei Ohrfeigen, welche er dem Müller geben dürfte. Nun wäre der Müller ihn aber gerne bald wieder los gewesen, er hieß ihn in den Brunnen steigen und den Knechten befahl er, ihm einen Mühlstein nachzuwerfen. Doch der Mühlstein fiel dem Hans auf die Schultern, so dass sein Kopf durch das Loch schaute, und Hans rief, als er aus dem Brunnen kam: »Seht meinen schönen Halskragen!«, und er tanzte mit dem Mühlstein herum.

Der Müller versuchte noch andere Mittel, um ihn in die andere Welt zu befördern. Aber es nützte nichts, er musste die drei Ohrfeigen aushalten. Die erste gab Hans ihm mit zwei Fingern, da lag er acht Tage krank und von der zweiten wäre er fast tot geblieben. Die dritte schenkte ihm Hans und zog weiter zu einem Schäfer, bei dem er sich als Hirte verdingte.

Als er nun am ersten Morgen austreiben wollte, sagte der Schäfer: »Hans, du kannst überall hintreiben, außer auf die Riesenweide!«

Da trieb Hans gerade seine Herde dorthin. Er war kaum da, als schon ein Riese vom Berg heranpolterte und schrie: »Was hast du auf meiner Weide zu tun?« »Das geht dich nichts an«, rief Hans und schlug ihn mit drei Fingern hinters Ohr. Da fiel der Riese hin, so lang wie er gewachsen war. Abends erzählte Hans dem Schäfer die Geschichte, aber der schüttelte den Kopf und sprach: »Solch Ding tut wohl einmal gut, aber das zweite Mal nicht. Treibe die Schafe morgen einen anderen Weg.«

»Es ist schon gut«, sprach Hans.

Am folgenden Morgen trieb Hans die Herde abermals der Riesenweide zu. Sogleich erschien ein Riese vom Berge her und schrie: »Was hast du auf meiner Weide zu tun?«

»Das geht dich nichts an«, rief Hans und schlug ihn mit vier Fingern an die Ohren, so dass ihm sein Lebtag nichts mehr weh tat.

Wenn man nur wüsste, was jenseits der Berge für ein Land ist, dachte Hans; wenn das nicht etwas ganz Besonderes wäre, würden die Riesen nicht hier Wache stehen. Er ging zum Schäfer und sprach: »Nimm deine Herde zurück, ich bin des Hütens müde und gehe in das Riesenland.«

Der Schäfer wollte ihm abraten, aber Hans hörte nicht auf ihn und zog weg, gegen die Berge hin.

Da war ein hoher, hoher Berg, den er erklettern musste. Hinter dem Berg lag ein tiefes, tiefes Tal, darin stand ein herrliches Schloss.

»Da muss es ein besseres Leben sein als in des Müllers Haus und in des Schäfers Hütte«, sprach Hans und ging in das Schloss hinein. Hei, war das eine Pracht und Herrlichkeit, ein Zimmer schöner wie das andere und im letzten hingen lauter Riesenröcke. Dann ging Hans in den Stall, dort standen drei Pferde und was für Pferde! Schönere gab's keine in des Kaisers Marstall. Das erste war ein Schimmel, das andere ein Rappe, das dritte ein Brauner. Hans streichelte die Pferde, eines nach dem anderen. Da hörte er plötzlich rufen: »Hans, Hans!«

Er guckte sich um, aber da war kein Mensch zu sehen.

»Hans, Hans!«, rief es abermals und da merkte er, dass die Stimme aus der Ecke kam, wo der Schimmel stand. Als er hinging, rief der Schimmel zum dritten Mal: »Hans, Hans!«

»Was hättest du gern?«, fragte Hans. Der Schimmel antwortete: »Sattle mich und reite auf den gläsernen Berg, aber lass dich droben nicht festhalten, es wird dein Glück sein.«

»Mich festhalten?«, fragte Hans, »dafür lass mich sorgen.«

Er sattelte den Schimmel und ritt hinaus, da hinkte der Schimmel und schnappte, dass es zum Erbarmen war. Hinter dem Schloss, vor dem gläsernen Berg, lag ein Dorf. Dort lachten ihn alle aus und riefen: »Was will der auf seinem schnapperigen, krummen Gaul!«, aber Hans ließ sich nicht irre machen und dachte, wer zuletzt lacht, lacht am besten. Als er jenseits des Dorfes an den gläsernen Berg kam, schüttelte sich der Schimmel dreimal. Augenblicklich hörte sein Hinken auf, Hans aber hatte eine goldene Rüstung an, einen goldenen Helm auf dem Haupte und an seiner Seite hing ein mächtiges Schlachtschwert.

»Ach, was bin ich für ein schöner Bursche geworden, so gefalle ich mir!«, rief Hans, der sich in dem gläsernen Berg spiegelte.

Da sprach der Schimmel: »Jetzt halte dich fest im Sattel, Hans, und lass dich durch nichts irre machen, hau aber droben brav zu.«

»Schimmelchen, du kennst den Hans noch nicht«, sprach Hans.

Da erhob sich der Schimmel und sprengte in mächtigen Sätzen den gläsernen Berg hinan, dass die Funken davon stoben. Droben lief er mit Hans auf einen großen Platz, wo allerlei Waffenspiel gehalten wurde, und es waren wohl tausend Ritter versammelt. Da kamen ihrer viele, um mit Hans einen Strauß zu bestehen, aber er teilte solche Hiebe aus, dass es seinen Gegnern bald angst wurde. Als der König ihn aber bewillkommnen wollte, wandte er plötzlich seinen Schimmel und weg war er. Als er drunten ankam, war es Nacht, so dass Hans in seiner goldenen Rüstung in das Schloss zurückreiten konnte, ohne dass ihn jemand bemerkte.

Am andern Morgen ging er in den Stall, um nach den Pferden zu sehen, da rief es wiederum: »Hans, Hans!«

»Was hättest du gerne, mein Schimmelchen?«, fragte Hans.

Aber der Schimmel sprach: »Ich habe nicht gerufen, sondern der Braune.«

Hans ging zum Braunen und fragte: »Was hättest du gerne, mein Braunchen?«

»Sattle mich, Hans, und reite auf den gläsernen Berg, aber lass dich droben nicht festhalten, es wird dein Glück sein«, antwortete der Braune.

»Festhalten sagst du? Frage das Schimmelchen, ob Hans sich festhalten lässt«, sagte Hans, nahm Sattel und Zaum, machte den Braunen zurecht und sprang auf. Als er hinausritt, hinkte das Braunchen, dass es ein Jammer war und das ganze Dorf den Hans auslachte. Aber der lachte sie insgeheim erst recht aus und dachte: »Wüsstet ihr, was ich weiß!«

Jenseits des Dorfes am gläsernen Berg schüttelte sich das Braunchen dreimal, da kannte Hans sein Braunchen und sich selbst nicht mehr, so sehr glänzte er in seiner Rüstung von rotem Gold und seinem Helm mit prächtigen Federn drauf. »Nun halte dich fest im Sattel, Hans, und haue droben brav zu«, sprach der Braune und Hans erwiderte: »Es ist schon gut, ich weiß alles schon, nur vorwärts.«

Da sprengte der Braune den gläsernen Berg hinan, dass es schien, als flöge er hinauf. Hans aber saß im Sattel fest und stolz wie der beste Reitersmann. Droben lief der Braune auf den Platz, wo das Turnier auch diesmal stattfand. Als Hans hineinritt, wandten sich des Königs und aller Zuschauer Augen auf ihn, denn ein solch schöner Ritter war noch nie gesehen worden. Da sprengten die Ritter einer nach dem andern auf Hans los und fochten mit ihm, aber keiner konnte gegen ihn ankommen. Plötzlich wurden die Trompeten geblasen zum Zeichen, dass das Turnier zu Ende sei. Da stand der König auf, um Hans zu begrüßen, aber der wandte seinen Braunen und fort war er. Drunten ritt er unbemerkt wieder in das Riesenschloss und schlief prächtig auf die Strapaze.

Am folgenden Morgen, als er im Stall nach den Pferden sah, rief es abermals: »Hans, Hans!«

»Was willst du mein Braunchen?«

Aber der Braune sprach: »Ich habe dich nicht gerufen, sondern der Rappe.«

Hans ging zum Rappen und fragte: »Was hättest du gerne, mein Räppchen?« »Sattle mich, Hans, und reite auf den gläsernen

Berg, aber lass dich droben nicht festhalten, es wird dein Glück sein.«

»Mit dem Festhalten hat's keine Not«, sprach Hans, sattelte und zäumte den Rappen und ritt fort. Darauf fing der Rappe an zu hinken und das ganze Dorf lachte und verhöhnte den armen Hans, der aber ein ganz vergnügtes Gesicht machte. Am gläsernen Berg schüttelte sich der Rappe dreimal und da funkelte der ganze Hans von Gold und Edelsteinen und des Rappen Sattel und Zaum war so kostbar, dass es seinesgleichen nicht hatte.

»Nun halte dich fest im Sattel und haue droben fest zu«, sprach der Rappe. »Lass mich nur gehen, ich kenne das Ding schon.«

Wie der Wind sprengte der Rappe jetzt den Berg hinan und gerade auf den Turnierplatz zu. Diesmal räumte der Hans aber unter den Rittern auf! Er schlug auf sie los, dass Schwerter und Schilder zerbrachen. Da fingen plötzlich die Trompeten an zu blasen und Hans wandte seinen Rappen, um nach Hause zu sprengen. Aber der König hatte Befehl gegeben, das Tor des Platzes zu schließen und er stand auch selber mit bloßem Schwert an dem Tor. Als Hans dorthin kam und sich eingeschlossen sah, lenkte er seinen Rappen ein wenig zurück und setzte über das Tor hinweg. Da schlug der König mit dem Schwert nach ihm, um ihn wenigstens zu zeichnen. Hans hatte aber eine so harte Haut, dass die Spitze des Schwerts darin stecken blieb und abbrach.

Am folgenden Tag schickte der König von dem gläsernen Berge nach allen Seiten Boten aus, welche verkünden mussten: »Der Ritter, in dessen Bein des Königs Schwertspitze steckt, soll die Prinzessin zur Gemahlin bekommen.«

Da brach mancher Ritter eine Spitze von seinem Schwert ab, bohrte sie in sein Bein und ließ sich zum König tragen. Aber keine der Spitzen passte an des Königs Schwert und alle wurden mit Schande davongejagt.

Hans hatte anfangs seiner Wunde nicht geachtet. Nach und nach aber eiterte die Wunde und wurde so schlimm, dass er einen Arzt holen lassen musste. Als dieser die Wunde sah und die Schwertspitze herauszog, sprach er: »Warum meldet Ihr Euch nicht an des Königs Hof, da Ihr doch des Königs Tochter zur Gemahlin bekommen könnt? Denn das ist des Königs Schwertspitze, seine Krone steht darauf.«

»Ei, sage du es ihm«, sprach Hans.

Da eilte der Arzt zum König und dieser fuhr sogleich zu Hans. Als er in das Zimmer des Schlosses kam, wo Hans zu Bette lag, rief der König: »Du tapferster von allen Rittern, warum hast du dich nicht eher zu erkennen gegeben? Wie freue ich mich, dass ich dich finde! Wenn du erst wieder gesund bist, soll die Hochzeit sein!«

»Dann lasst nur schnell Anstalt dazu machen«, sprach Hans. So wurde die Hochzeit mit großer Feierlichkeit begangen und Hans war ein königlicher Prinz.

Nach einem Jahr gebar die Prinzessin ihm einen Sohn und zu gleicher Zeit warf der Schimmel im Stall ein Füllen.

»Das muss seine Bedeutung haben«, sprach Hans, »dass mir das Füllen immer gut gepflegt werde!«

Als aber der Knabe und das Füllen ein Jahr alt waren, brach ein Krieg aus und Prinz Hans zog ins Feld und blieb sieben Jahre aus, denn so lange währte der Krieg. Der Knabe wuchs mit dem Füllen auf und als er drei Jahre alt war, ritt er schon auf ihm und beide hatten einander so lieb, dass sie stets vom Morgen bis zum Abend beisammen waren.

Hans hatte in seiner Stadt einen Kaufmann wohnen, der schmeichelte der Prinzessin so viel vor, dass sie dem Hans ihre Treue brach und es mit dem Kaufmann hielt. Es war überhaupt nicht viel Gutes an ihr. Das dauerte also über sechs Jahre lang, da kamen Boten, welche meldeten, dass Prinz Hans alle seine Feinde geschlagen habe und bald zurückkehren werde. Da sprach der

Kaufmann: »Wenn der Prinz heimkommt und der Bub ihm sagt, dass wir es miteinander gehalten haben, geht es uns schlimm. Du musst den Buben töten, wenn er nicht plaudern soll.«

Da sprach das ruchlose Weib: »Wie soll ich es nur anfangen?«

Da gab ihr der Kaufmann Gift und sprach: »Mische ihm das in sein Getränk, dann plaudert er nicht mehr.«

Als der Knabe nachmittags aus der Schule kam, reichte ihm seine Mutter den Becher und sprach: »Da, mein liebstes Söhnchen, trinke.«

»Stelle den Becher auf meinen Tisch«, antwortete der Knabe, »ich laufe nur schnell in den Stall, um nach meinem Füllen zu schauen.«

Als der Knabe in den Stall kam, lag das Füllen da und schaute ihn traurig an. »Füllen, ach liebes Füllen, was fehlt dir?«, fragte der Knabe.

Und das Füllen sprach: »Ach mein liebster Bruder, ach, mein liebster Bruder, trinke den Becher nicht aus, schütte das Getränk auf einen Stein und du wirst sehen, was darin ist.«

Da sprang der Knabe zurück, schüttete das Getränk auf einen Stein und siehe, der Stein zersprang, so stark war das Gift.

Als der Kaufmann sah, dass der Knabe nicht gestorben war, wusste er nicht, was er davon halten solle, wusste aber sofort Rat und brachte der Prinzessin einen Stoff und sprach: »Bringe diesen Stoff zum Schneider außerhalb der Stadtmauer. Er soll dem Buben ein Hemd nähen, in dem muss er zugrunde gehen.«

Die Prinzessin tat eilends, wie ihr der Kaufmann geraten, und als der Knabe aus der Schule kam, rief sie ihn zu sich und sprach: »Sieh, was habe ich dir für ein schönes Hemd nähen lassen!«

»Lege es auf meinen Tisch«, antwortete der Knabe, »ich gehe schnell in den Stall, um nach meinem Füllen zu schauen.«

Als der Knabe in den Stall kam, lag das Füllen da und ließ den Kopf hängen. »Füllen, ach liebes Füllen, was fehlt dir?«, fragte der Knabe.

»Ach, mein liebster Bruder, ach, mein liebster Bruder, zieh das Hemd von deiner Mutter nicht an, es würde dir den Tod bringen. Nimm dieses Hemd, das ich hier habe und zieh es an.«

Am folgenden Tag kam Prinz Hans von seinem Feldzug zurück. Als er eben am Tor anlangte, lief der schlechte Kaufmann zu der Prinzessin und rief: »O weh, der Prinz kommt und der Bub plaudert. Leg dich schnell ins Bett, stell dich todkrank und tu was ich dir sage, dann geht alles gut.«

Dann gab er ihr einen bösen, falschen Rat und lief weg.

»Wo ist meine herzallerliebste Frau?«, fragte Hans, als er in das Schloss kam, und er war ganz untröstlich, als er hörte, sie sei plötzlich todkrank geworden. Er eilte zu ihr und sie tat, als liege sie in den letzten Zügen.

»Ach, gibt es denn nichts, was dir helfen kann?«

Da sprach sie: »Alle Ärzte konnten mir keinen Rat geben, außer einem, der hatte aber sofort weiterreisen müssen. Aber was er mir gesagt hat, kann ich nicht sagen, es ist gar zu schrecklich.«

»Sag es nur«, sprach Hans, »mir ist nichts zu teuer, wenn ich meine herzliebe Frau vom Tode retten kann.«

Sie seufzte heuchlerisch und sprach: »Das einzige Mittel, mich zu retten, ist, dass du unseres lieben Sohnes Zunge in Milch kochen lässt.«

Da war Hans noch viel unglücklicher. Er ging hinaus, da sprang ihm der Knabe mit dem Füllen entgegen und Hans dachte bei sich: »Das Füllen ist mit dem Kind zu ein und derselben Stunde geboren, wir wollen dem Tier die Zunge ausschneiden lassen.«

Während nun ein Feldscherer geholt wurde, sprach das Füllen zu dem Knaben: »Mein lieber Bruder, gleich kommen sie und wollen mir die Zunge ausschneiden. Bitte aber deinen Vater, er möge dich vorher dreimal herumreiten lassen und halte dich fest im Sattel.«

Gleich darauf kam der Feldscherer: »Hole dein Füllen, lieber Sohn, wir müssen ihm die Zunge ausschneiden und sie deiner Mutter als Arznei geben, sonst stirbt sie.«

Der Knabe sagte: »Lieber Vater, lass mich vorher noch dreimal herumreiten, ehe mein armes Füllen stirbt.«

Hans war damit zufrieden, der Knabe schwang sich auf das Füllen und ritt herum. Beim dritten Mal aber erhob es sich plötzlich von der Erde und stob durch die Luft fort, immer höher und immer weiter, bis es ganz verschwand. Da hatte Hans das Nachsehen, das Weib aber wurde ohne die Zunge gesund.

Also flog der Knabe über drei Königreiche hinweg, erst in dem vierten ließ sich das Pferdchen nieder. Da sprach es: »Nun geh ins Schloss und nimm Dienst an. Was du siehst, das kannst du machen, noch dreimal schöner als jeder andere. Wenn du aber in Not kommst oder dir etwas wünschest, dann rassle nur mit dieser Kette und ich bin bei dir.«

Es gab ihm noch die Kette, nahm Abschied von ihm und flog durch die Luft davon.

Der Knabe ging in das Schloss und suchte Dienst. Er wurde als Pferdeputzer im Marstall angenommen und alles gelang ihm so gut, dass der Stallmeister mit keinem Knecht so zufrieden war wie mit ihm. So lebte er wohl sechs Jahre im Stalle. Eines Samstags ging er nach getaner Arbeit in den Hofgarten, wo der Gärtner eben Sträuße für die Königstochter band.

Der Knabe sprach: »Lasset mich auch einen Strauß binden.«

»Du magst gut die Pferde putzen können, aber du musst die Hände von den Blumen lassen«, sprach der Gärtner.

Da pflückte der Knabe ein paar Blumen und etwas Grün dazu und machte einen Strauß, dass dem Gärtner alle fünf Sinne stillstanden. Der Gärtner lief sofort zum König, meldete alles und erwirkte, dass der Knabe sofort zum Gärtnerburschen ernannt wurde. Das sah man bald dem Garten an, dass eine andere Hand darin waltete. Die Blumen blühten schöner und reicher, neue Blumen aller Art wuchsen aus dem Boden und die Bäume trugen Frucht, dass die Äste fast brachen. Jeden Samstag, wenn seine Arbeit getan war und niemand mehr in den Garten kam, rasselte der

Knabe, der unterdessen zum Jüngling wurde, mit seinem Kettchen, dann stand sein Pferdchen bei ihm. Er schwang sich auf, das Pferdchen schüttelte sich und sogleich strahlte und funkelte er von Silber und Gold. So ritt er in dem Garten umher und das war all seine Freude.

Nun aber schaute die Prinzessin von ihrem Fenster jeden Samstag den schönen Reiter im Garten. Erzählte aber niemand etwas davon. Eines Tages sah sie, wie der Gärtnerbursche in den Garten trat, sein Kettchen hervorzog und damit rasselte, wie das Pferdchen kam, er sich aufschwang und augenblicklich in Gold und Silber strahlend in dem Garten herumritt. Da verlor sie ihr Herz an ihn. Da sie von der Hoffnungslosigkeit ihrer Liebe wusste, wurde sie vor Kummer krank. Als der Jüngling das hörte, brachte er ihr jeden Tag zwei Sträuße, um sie zu erfreuen.

Die Prinzessin ging zu ihrem Vater und bat ihn, ihr den Gärtnerburschen zum Manne zu geben. Da geriet der König in einen großen Zorn, als er dies hörte, und sprach: »Besinne dich drei Tage, bleibst du bei deinem Wunsch, dann gewähre ich dir zur Strafe deine Bitte und gebe euch als Wohnung das Hühnerhaus.«

»Ich wohne lieber mit dem Gärtnerburschen im Hühnerhaus als ohne ihn in dem schönsten Schloss der Welt«, sprach die Prinzessin.

Nachdem die Hochzeit im Stillen gehalten worden war, zog sie mit ihrem Mann in das Hühnerhaus. Da arbeitete sie nun wie eine gewöhnliche Bürgersfrau von morgens früh bis abends spät und hatte viel zu tun. Das hätte sie nun alles gerne getan, wenn sie nicht von den Hofherren und Hofdamen immer verspottet worden wäre. Sie klagte es oft ihrem Manne, wenn er aus dem Garten von der Arbeit kam, dann sprach er aber stets: »Warte nur, liebste Frau, du wirst noch lachen, wenn diese alle weinen müssen.«

Plötzlich brach ein Krieg aus und des Königs Land kam in große Not. Da musste alles zur Verteidigung ins Feld rücken und auch der Gärtnerbursche sollte mit ausziehen. Um sich aber über ihn lustig zu machen, gab ihm der König ein hinkendes Pferd, ein hölzernes Schwert und eine Flinte ohne Hahn. So ritt er aus und der ganze Hof verhöhnte ihn. Er tat, als höre und sehe er nicht. Vor dem Tore blieb er hinter dem Heer zurück und ritt dann abseits in einen Wald. Da rasselte er mit seinem Kettchen und sogleich stand sein Pferdchen vor ihm. Er band den lahmen Gaul an einen Baum und schwang sich auf sein liebes Pferd, das schüttelte sich, da glänzte er von Gold und Silber und an seiner Seite hing ein Schwert, vor dem alles floh und sank, wenn er es schwang. So ritt er dem Heere nach, da kam dies ihm schon entgegen und war bereits auf der Flucht und der Feind hinter ihm drein.

»Mir nach!«, rief er den Soldaten zu.

Als diese ihn sahen, wie er so mutig in die Feinde hineinsprengte und sie zusammenschlug wie der Schmied das alte Eisen, da gewannen sie wieder Mut, wandten sich um und schlugen auch drauflos. Jetzt war das Fliehen am Feinde, der König siegte und machte so viel Beute, dass alle Pferde der Hauptstadt geholt wurden, um sie heimzufahren. Der König eilte selber dem Gärtnerburschen, den er jedoch nicht erkannte, entgegen, um ihm zu danken. Als er sah, dass dieser am Bein verwundet war, verband er selber die Wunde mit seinem Tuche, worin die Königskrone gestickt war. Kaum war das geschehen, so sprengte der Gärtnerbursche fort in den Wald, wo sein lahmer Gaul hielt. Da steckte er sich wieder in seinen alten Aufzug und ritt heim, während alle Soldaten und der König ihn verspotteten.

Seine Frau sah sogleich, dass er etwas am Beine hatte und wollte ihn besser verbinden, da fand sie des Königs Tuch. Zugleich hörte sie, wie draußen ausgerufen wurde, der König lasse den Helden zu sich entbieten, der ihm die Schlacht gewonnen und den er selber mit seinem Tuche verbunden habe.

»Bring ihm das Tuch und sage, dass sein Held im Hühnerhaus liege«, sprach er und die Prinzessin eilte entzückt zu ihrem Vater.

Unterdessen ging er in den Garten und rasselte mit seinem Kettchen. Da stand sein Pferdchen da, er schwang sich drauf, es schüttelte sich und er leuchtete in seiner prachtvollen Rüstung.

»Wenn du deine Frau im Schlosshofe siehst, nimm sie zu dir«, sprach das Pferdchen.

Da ritt er in den Schlosshof, wo der König mit seinem ganzen Hofstaat schon stand und ihn erwartete. Jetzt konnte der König kommen, um ihm schöne Worte zu sagen, er hörte nicht darauf, sondern warf ihm mit harten Reden vor, dass er seine eigene Tochter so schlecht behandelt habe. Zuletzt erzählte er, wie er nicht ein gewöhnlicher Gärtnerbursche, sondern ein geborener Prinz sei. Dann ritt er zu der Prinzessin, seiner Frau, hob sie zu sich aufs Pferd und fort ging's durch die Lüfte dahin. Da hatte der König das Nachsehen.

Auf einer freien Waldwiese, die dicht an einem Berge lag, ließ das Pferdchen sich nieder.

»Jetzt steiget ab«, sprach es, »und du nimm dein Schwert und schlage mir den Kopf ab.«

Der Prinz war gewohnt, dem Pferdchen in allem zu folgen, und wie leid es ihm tat, so folgte er auch diesmal. Als aber das Blut den Boden berührte, siehe, da stand ein schöner Prinz vor ihm. Der Berg sprang mit Krachen auseinander und vor ihnen lag ein großes Königsschloss, der Wald wurde zum prächtigen Garten und das Gebirge hinter dem Schloss zu einer schönen Stadt. Aus dem Schloss kamen Diener und Hofherren und aus der Stadt die Bürger und grüßten sie als ihre Herrscher. Da war all ihr Leid zu Ende und das Glück trat an seine Stelle und verließ sie nie wieder.

[Märchen aus Deutschland]

Die sieben Fohlen

Es waren einmal zwei arme Leute, die wohnten in einer ärmlichen Hütte im Wald und sie lebten nur von der Hand in den Mund und manchmal war es sogar darum schlecht bestellt. Sie hatten aber drei Söhne und der jüngste von ihnen hieß Aschenhans, denn er tat den ganzen Tag nichts anderes als in der Asche zu stochern.

Eines Tages sagte der älteste Sohn, er wolle in die Welt ziehen und sein Brot verdienen. Die Eltern hatten nichts dagegen und er zog von dannen. Er ging den ganzen Tag und als der Abend herannahte, kam er an den Hof des Königs. Da stand der König auf der Treppe und fragte, wo er hinwolle.

»Ich suche einen Dienst, Herr«, sagte der Knabe.

»Willst du bei mir dienen und meine sieben Fohlen hüten?«, fragte der König. »Wenn du sie den ganzen Tag hüten kannst und mir am Abend sagen, was sie essen und trinken, dann sollst du die Prinzessin haben und das halbe Königreich. Kannst du es aber nicht, dann schneide ich dir drei rote Riemen aus dem Rücken.«

Der Knabe meinte, dies sei eine leichte Arbeit und es werde ihm sicher gelingen.

Bei Anbruch des nächsten Tages ließ der Stallknecht die sieben Fohlen laufen. Der Knabe lief ihnen nach, über Berge und Täler, durch Wälder und Moore. Als er eine Zeitlang hinter ihnen hergelaufen war, wurde er müde und nach noch einem Stück war er das Hüten satt.

Da stand er plötzlich an einem Felsen, vor dem eine alte Frau am Spinnrocken saß und spann. Als sie den Jungen erblickte, der keuchend und schwitzend den Fohlen nachgelaufen war, rief die Alte: »Komm her, komm her, mein schöner Sohn, und lass dich lausen!«

Das ließ sich der Knabe nicht zweimal sagen, er setzte sich nieder, legte seinen Kopf in ihren Schoß, ließ sich den ganzen Tag von ihr lausen und gab sich dem Nichtstun hin.

Als es Abend wurde, wollte er aufbrechen. »Ich kann ebenso gut gleich wieder nach Hause gehen«, meinte er. »Am Hofe des Königs hab ich wohl nichts mehr zu suchen.«

»Wart, bis es dunkel ist«, sagte die Alte. »Da kommen die Fohlen des Königs hier wieder vorbei und du kannst mit ihnen nach Hause laufen. Niemand kann wissen, dass du den ganzen Tag hier gelegen hast, anstatt die Fohlen zu hüten.«

Als sie kamen, gab sie dem Knaben einen Krug mit Wasser und eine Handvoll Moos. Beides sollte er dem König zeigen und sagen, dies sei es, was die sieben Fohlen äßen und tränken.

»Hast du die Fohlen treulich gehütet?«, fragte der König, als er den Knaben am Abend sah.

»Das hab ich«, sagte der Knabe.

»Dann kannst du mir wohl sagen, was meine Fohlen essen und trinken?«, fragte der König.

Der Knabe zeigte ihm das Wasser und das Moos, das er von der Alten bekommen hatte, und sagte: »Dies essen sie, dies trinken sie.«

Da merkte der König, was für ein Hüter er gewesen war, und wurde so böse, dass er befahl, man solle ihn vom Hofe jagen. Erst aber solle man ihm drei rote Riemen aus dem Rücken schneiden und Salz hineinstreuen.

Ihr könnt euch wohl denken, wie dem Knaben zumute war, als er nach Hause kam. Er sei ausgezogen, um zu dienen, sagte er, aber das täte er niemals wieder.

Am nächsten Tag sagte der zweite Sohn, er wolle in die Welt ziehen und sein Glück versuchen. Die Eltern wollten ihn nicht fortlassen und baten ihn, an den Rücken des Bruders zu denken, aber der Knabe beharrte auf seinem Entschluss und schließlich willigten die Eltern ein und er zog seines Weges.

Als er den ganzen Tag gegangen war, kam er an den Hof des Königs. Der König stand auf den Stufen seines Hauses und fragte, wohin er wolle. Und als der Knabe sagte, er suche einen Dienst, sagte der König, er könne bei ihm dienen und seine sieben Fohlen hüten. Und er verhieß ihm den gleichen Lohn und die gleiche Strafe, die er dem Bruder verheißen hatte. Der Knabe war gleich bereit und ging in die Dienste des Königs. Die Fohlen könne er gern hüten und dem König erzählen, was sie äßen und tränken, meinte er.

Bei Anbruch des nächsten Tages ließ der Stallknecht die Pferde laufen und der Knabe lief ihnen nach. Und es erging ihm, wie es dem Bruder ergangen war. Als er lange hinter den Fohlen hergelaufen war, wurde er müde. Da kam er an einen Felsen, vor dem eine alte Frau saß und spann. Und sie rief dem Knaben zu: »Komm her, komm her, mein schöner Sohn, und lass dich lausen.«

Der Knabe hatte nichts dagegen, er ließ die Fohlen weiterlaufen und setzte sich zu der Alten. Und wenn er nicht saß, dann lag er und gab sich dem Nichtstun hin.

Als die Fohlen am Abend zurückkamen, bekam auch er eine Handvoll Moos und einen Krug mit Wasser von der Alten, die er dem König zeigen sollte. Als aber der König fragte: »Kannst du mir sagen, was meine Fohlen essen und trinken?«, und der Knabe ihm die Handvoll Moos und den Krug mit Wasser zeigte und sagte: »Dies essen sie, dies trinken sie«, wurde der König wieder zornig und befahl, dass man ihm drei rote Riemen aus dem Rücken schneiden solle, Salz hineinstreuen und ihn vom Hofe jagen. Als der Knabe nach Hause kam, erzählte auch er, wie es ihm ergangen sei, und sagte, einmal sei er ausgezogen, um zu dienen, aber das täte er niemals wieder.

Am dritten Tage war es Aschenhans, der Lust verspürte, in die Welt zu ziehen. Auch er wolle versuchen, die sieben Fohlen zu hüten, sagte er.

Die andern lachten und hänselten ihn. »Wenn es uns so ergangen ist, dann geht es dir wohl nicht besser«, sagten sie. »Du hast ja immer nur am Feuer gelegen und in der Asche gestochert.«

»Ich gehe aber trotzdem«, sagte Aschenhans, »ich hab's mir nun einmal in den Kopf gesetzt.«

Und es half nichts, dass die Brüder lachten und die Eltern baten, Aschenhans zog davon.

Als der den ganzen Tag gegangen war, kam auch er bei Anbruch der Dunkelheit zum Königshof. Da stand der König auf den Stufen und fragte, wohin er wolle.

»Ich suche einen Dienst«, sagte Aschenhans.

»Wo kommst du her?«, fragte der König, denn nun wollte er mehr wissen über die, die er in seine Dienste nahm.

Aschenhans erzählte, woher er käme und dass er der Bruder der beiden sei, die die sieben Fohlen des Königs gehütet hätten, und er fragte, ob nicht er nun versuchen dürfe, sie am folgenden Tag zu warten.

»Diese Schurken«, sagte der König und wurde wütend, als er ihrer gedachte. »Wenn du der Bruder der beiden bist, dann taugst du wohl auch nicht viel. Von eurer Sorte hab ich genug.«

»Ja, aber wo ich nun mal gekommen bin, kann ich nicht auch mein Glück versuchen?«, sagte Aschenhans.

»Ja, wenn du gern deinen Rücken geschunden bekommen willst, mir soll 's recht sein«, sagte der König.

»Lieber hätt' ich die Prinzessin«, sagte Aschenhans.

Bei Anbruch des nächsten Tages ließ der Stallknecht wieder die sieben Fohlen los. Sie liefen über Berge und Täler, durch Wälder und Moore und Aschenhans lief ihnen nach, so schnell er vermochte.

Als er eine Weile gelaufen war, kam auch er an den Felsen.

Da saß die alte Frau, spann an ihrem Spinnrad und rief ihm zu: »Komm her, komm her, mein schöner Sohn, und lass dich lausen.«

»Scher dich zum Teufel«, sagte Aschenhans, hüpfte und sprang und hielt sich am Schwanze eines Fohlens fest. Als er am Felsen vorbei war, sagte das jüngste Fohlen: »Setz dich auf meinen Rücken. Wir haben noch einen weiten Weg vor uns.«

Und das tat er. Nachdem sie ein Stück gelaufen waren, sagte das Fohlen:

»Siehst du etwas?«

»Nein«, sagte Aschenhans. Und sie liefen noch ein Stück weiter.

»Siehst du nun etwas?«, fragte das Fohlen.

»Nein, gar nichts«, sagte der Knabe.

Als sie nochmals ein großes, großes Stück gelaufen waren, fragte das Fohlen wieder: »Siehst du immer noch nichts?«

»Doch, ich glaube, ich seh' etwas Weißes«, sagte Aschenhans, »es sieht aus wie der Stumpf einer Birke.«

»Ja, da gehen wir hinein«, sagte das Fohlen.

Als sie zum Stumpf gekommen waren, fasste das älteste Fohlen ihn an und bog ihn zur Seite und wo der Stumpf gestanden hatte, kam eine Tür zum Vorschein. Hinter der Tür war ein kleines Zimmer und in dem waren nicht mehr als ein kleiner Herd und ein paar Schemel. Hinter der Tür hingen aber ein großes, rostiges Schwert und ein Krug.

»Kannst du das Schwert schwingen?«, fragte das Fohlen. Aschenhans versuchte und konnte es nicht. Da musste er einen Schluck aus dem Krug trinken, erst einen, dann noch einen und dann einen dritten und nun konnte er das Schwert schwingen, als sei nichts leichter als das.

»Nimm das Schwert mit dir«, sagte das Fohlen. »Am Tag deiner Hochzeit sollst du uns allen die Köpfe abschlagen, damit wir wieder Prinzen werden, denn das waren wir früher. Wir sind die Brüder der Prinzessin, die du bekommen sollst, wenn du dem König sagst, was wir essen und trinken. Ein böser Troll hat uns verzaubert. Wenn du uns die Köpfe abgeschlagen hast, musst du jeden Kopf an den Schweif des Leibes legen, zu dem er gehört, denn dann ist die Macht des Zaubers gebrochen.«

Das versprach Aschenhans und sie liefen weiter.

Als sie ein großes, großes Stück weitergelaufen waren, fragte das Fohlen: »Siehst du etwas?«

»Nein«, sagte Aschenhans.

Und sie liefen noch eine Weile.

»Und nun?«, fragte das Fohlen. »Siehst du nun etwas?«

»Nein, gar nichts«, sagte Aschenhans.

Und sie liefen viele, viele Meilen weiter, über Berge und Täler.

»Und nun?«, sagte das Fohlen. »Siehst du noch immer nichts?«

»Doch«, sagte Aschenhans, »ich seh' etwas Blaues in weiter Ferne.«

»Ja, das ist ein Fluss«, sagte das Fohlen, »und wir müssen hinüber.«

Über den Fluss führte eine schöne, lange Brücke und als sie ans andere Ufer gekommen waren, liefen sie wieder ein großes, großes Stück. Dann fragte das Fohlen abermals, ob Aschenhans nichts sähe.

Doch, diesmal sah er in weiter Ferne etwas Schwarzes und das sah aus wie der Turm einer Kirche.

»Da müssen wir hinein«, sagte das Fohlen.

Als die Fohlen auf den Kirchhof kamen, wurden sie wieder zu Menschen. Sie trugen die prächtigsten Kleider, die je ein Auge erblickt, und sahen aus, als seien sie eines Königs Söhne. Sie gingen hinein in die Kirche und nahten sich dem Priester, der am Altar stand, und der Priester gab ihnen Brot und Wein. Auch Aschenhans ging in die Kirche. Als der Priester seine Hände auf die Häupter der Prinzen gelegt und sie gesegnet hatte, verließen sie die Kirche und das tat auch Aschenhans. Aber er nahm einen Krug mit Wein mit sich und ein Stück des heiligen Brotes. Als die sieben Königssöhne auf den Kirchhof kamen, wurden sie wieder zu Fohlen. Aschenhans bestieg den Rücken des jüngsten und sie liefen den gleichen Weg zurück, den sie gekommen waren, nur viel, viel schneller. Sie eilten über die Brücke und am Baumstumpf vorbei und vorbei an der Alten, die am Felsen saß und spann. Und es ging so schnell, dass Aschenhans nicht hören konnte, was sie ihm nachrief. Er hörte aber genug, um zu merken, wie böse sie war.

Als sie am Abend zum Königshof zurückkamen, war es fast dunkel und der König stand selbst vor dem Hause und wartete.

»Hast du die Fohlen treulich gehütet?«, sagte der König zu Aschenhans.

»Ich habe getan, was ich konnte«, antwortete Aschenhans.

»Dann kannst du mir wohl sagen, was meine Fohlen essen und trinken?«, fragte der König.

Aschenhans zeigte dem König das heilige Brot und den Krug mit Wein und sagte: »Dies essen sie, dies trinken sie.«

»Ja, du hast sie treu gehütet«, sagte der König, »die Prinzessin sei dein und das halbe Reich.«

Nun wurde die Hochzeit gerichtet und der König sagte, sie solle so reich und so prächtig werden, dass keiner der Gäste sie jemals vergäße.

Als sie aber beim Festmahl saßen, stand Aschenhans auf und ging in den Stall hinunter. Er habe etwas vergessen, das er nun holen müsse, sagte er. Als er hinunterkam, tat er, was die Fohlen ihn geheißen hatten, hieb ihnen allen die Köpfe ab, erst dem ältesten und dann allen andern, dem Alter nach, und legte jeden Kopf an den Schweif des Fohlens, dem er gehört hatte. Und nun wurden alle wieder zu Prinzen. Als er mit den sieben Prinzen zur Hochzeitstafel kam, wurde der König so froh, dass er Aschenhans herzte und küsste und die Braut gewann ihn noch lieber als zuvor.

»Die Hälfte des Reichs hast du bekommen«, sagte der König, »und die andere Hälfte sollst du haben, wenn ich gestorben bin. Meine Söhne können sich selber Länder und Reiche erwerben, nun, wo sie wieder Prinzen geworden sind.«

Und ihr könnt euch denken, wie viel Jubel und Fröhlichkeit bei dieser Hochzeit herrschten.

Ich war selbst dabei, es hatte aber niemand Zeit, an mich zu denken. Ich bekam nur ein Stück Kuchen mit Butter darauf und das legte ich auf den Ofen. Da verbrannte der Kuchen und die Butter schmolz und was behielt ich übrig? Nicht das Geringste.

[Märchen aus Norwegen]

Nachwort

Zu allen Zeiten hat das Pferd für die Menschen eine besondere Rolle gespielt. In Kriegs- wie in Friedenszeiten war es ihnen ein treuer Freund und Begleiter.

Viele vorchristliche Götter wurden von Pferden begleitet oder nahmen selbst Pferdegestalt an.

Der germanische Gott Odin reitet das achtfüßige Ross Sleipnir. In der Edda wird erzählt, dass die Asen täglich über den Regenbogen zum Weltenbaum reiten. Im *Grimnirlied* werden die Namen der Götterrosse genannt:

> Gladr und Gyllir, Gler und Skeidbrimir
> Silfrintopp und Sinir,
> Gisl und Falhofnir, Gulltopp und Lettfeti.
> Täglich, wenn sie reiten, Gericht zu halten
> Bei der Esche Yggdrasils.

Odins schöne Gemahlin Holda (Frau Holle) reitet auf einem prächtigen Schimmel über Land und Wasser. Sattel, Decke und Zaumwerk sind mit silbernen Glöckchen besetzt, die ein wunderbares Geläute geben. Der Schimmel berührt nicht die Erde, sondern schwebt über dem Waldboden dahin. Manchmal erhebt er sich aber auch hoch in die Luft und zieht von Berg zu Berg über weite Täler fort. Parallelen dazu finden wir in der Hexenverfolgung.

Hrimfaxi ist das schwarze Ross der Nacht, auf welchem sie um die Erde zieht. Der Name bedeutet Reifmähne, denn von seinen Haaren fällt der Reif auf die Erde und mit dem Schaum seines Gebisses betaut es die Welt.

Skinfaxi ist das Ross des Tages. Der Name bedeutet Leuchtmähne. Der Tag fährt seiner Mutter, der Nacht, mit dem goldenen Wagen hinterher, der von Leuchtmähne gezogen wird.

Das bekannteste Pferd der griechischen Mythologie ist Pegasus, der Sohn des Nereus und der Medusa. In dem Augenblick, in dem Perseus der Medusa das Haupt abschlug, sprang ein schlankes, schönes Pferd mit Flügeln an den Schultern in die Welt. Pegasus ist das Pferd des Göttervaters Zeus, der Eos und der Musen. In dem südfranzösischen Märchen *Der goldene Dragoner* wird von einem großen geflügelten Pferd erzählt, in dem wir Pegasus wieder begegnen.

Xanthus war eines der unsterblichen Pferde, welches Zephyrus mit der Harpyie Podarge zeugte. Es war das Pferd Achills, mit menschlicher Stimme und der Kunst der Weissagung begabt. Es prophezeite auch Achill seinen frühen Tod.

Bukephalos war der sagenhafte Rappe Alexanders des Großen, den er als Knabe zähmte.

Die hilfreichen Pferde

Viele Märchenheldinnen und Helden überwinden alle Schwierigkeiten, lösen alle Aufgaben mit Hilfe ihres treuen Pferdes und kommen dadurch ans Ziel. Ein Motiv, welches vorwiegend bei den Märchenhelden zum Tragen kommt, ist das Baden in kochender Stutenmilch. Durch Hilfe seines Pferdes überlebt der Held diese Prüfung und kommt dazu noch siebenmal schöner aus dem Bade. Wenn die Gegenspieler sich derselben Prozedur unterziehen, um dasselbe Ergebnis zu erlangen, verkehrt sich dieses immer ins Gegenteil – sie zerkochen in der Stutenmilch. Beispiele hierfür sind *Zauberilona* und *Das Zauberpferd.*

Es gibt viele Märchen, bei denen Pferde für ihre Freunde ihr Leben lassen und bis über den Tod hinaus hilfreich sind, wie es die Märchen *Das Mondross* und *Die Gänsemagd* schildern.

Neben ihrem natürlichen Instinkt besitzen viele Pferde eine intuitive Wahrnehmung. Dadurch wird der Held vor vielen Gefahren bewahrt.

Dämonische Pferde

Infolge der Christianisierung trat auch eine Dämonisierung des Pferdes ein. Ein Paradebeispiel ist der Pferdefuß des Teufels. In vielen Sagen wird erzählt, dass Hexen einen jungen Mann in ein Pferd verwandeln, mit dem sie dann zum Hexensabbat reiten, ein Motiv, welches von den reitenden Walküren, den Begleiterinnen des Gottes Odin, geprägt wurde.

Viele Sagen erzählen, wie ungerechte Herren zur Strafe in der Hölle zu Reittieren des Teufels werden. Beispiele hierfür sind *Des Schwarzenbergers Bekehrung* und *Das Wunderross Friedrichs von Zollern.*

Verwandelte Pferde

Immer wieder begegnen wir der Darstellung, dass Menschen in Pferdegestalt verwünscht werden. Ihre Erlösung ist auf ein intensives Zusammenspiel von Mensch und Tier angewiesen. Häufig ist der letzte Akt die Enthauptung des Pferdes, wie es die Märchen *Friedrich Goldhaar* und *Das treue Füllen* erzählen.

In dem Märchen *Imrik und sein Zauberrösslein* begegnen wir einer Besonderheit, in dem der Held auf das Wasser der Jugend für sich verzichtet, um seinem sterbenden Pferd das Leben zu retten. Durch dieses Opfer erlöst er das Pferd und gibt ihm seine Menschengestalt zurück.

Die sieben Fohlen ist ein besonderes Märchen, da hier die christliche Prägung sichtbar wird. Die Verwünschten haben täglich nur für kurze Zeit ihre menschliche Gestalt, um an der Kommunion teilzunehmen. Allein durch einen Hirten, der sie den ganzen Tag hindurch begleitet, ist die Erlösung möglich.

Damit sind wir am Ende unserer Darstellung von den verschiedenen Qualitäten der Pferdenatur, wobei wir den Aspekt der dämonischen Pferde relativ klein gehalten haben; wollten wir doch als Pferdefreunde die positive Seite mehr in den Vordergrund rücken.

Wir danken unserer Freundin Doris Feller-Neff für ihre unermüdliche Hilfe.

Sigrid Früh Wolfgang Schultze
Januar 2006

Quellenverzeichnis

Die Hilfreichen

Zauberilona
Johann Graf Mailáth: Magyarische Sagen, Mährchen und Erzählungen, Stuttgart und Tübingen 1837; bearbeitet von Sigrid Früh.

Das Zauberpferd
Josef Halterich: Deutsche Volksmärchen aus dem Sachsenlande in Siebenbürgen, Berlin 1856; bearbeitet von Sigrid Früh.

Das Kupfer-, Silber- und Goldgestüt
Elisabet Ròna-Sklarek: Ungarische Volksmärchen, Leipzig 1909.

Das wilde Pferd und der Königssohn
Angelika Merkelbach-Pinck: Lothringer Volksmärchen, Kassel o. J.

Der goldene Dragoner
Nach mündlicher Erzählung in der Provence, aufgezeichnet von Sigrid Früh.

Der Jüngste und das kleine Zauberpferd
G. Stier: Ungarische Sagen und Märchen, Berlin 1850; bearbeitet von Sigrid Früh.

Das Pferd Gullfaxi
Adeline Rittershaus: Die neuisländischen Volksmärchen, Halle 1902; bearbeitet von Sigrid Früh.

Das hölzerne Pferd
Mone's Anzeiger der deutschen Vorzeit.

Das Wunderpferd
Professor A. Mischlich: Neue Märchen aus Afrika, R. Voigtländers Verlag, Leipzig 1929; bearbeitet von Sigrid Früh.

Jugend ohne Alter und Leben ohne Tod
Petre Isperescu: Legende aus Basmele Romanilor, Bukarest 1882.

Der weissagende Schimmel
Dieses Märchen wurde Sigrid Früh während des Kongresses der Europäischen Märchengesellschaft 1982 von einem holländischen Teilnehmer erzählt.

Der Held Balor Gunan und das Fuchsfüllen
N. Chodsa: Alfred Holz Verlag, Berlin o. J.

Die Gänsemagd
Kinder- und Hausmärchen der Brüder Grimm, Ausgabe letzter Hand, Göttingen 1857.

Das Mondross
Dr. Ignaz Kúnos: Türkische Volksmärchen aus Stambul, Leiden 1905; bearbeitet von Sigrid Früh.

Die Dämonischen

Das Hexenpferd
Irische Elfenmärchen: Übersetzt von den Brüdern Grimm, Leipzig 1826.

Zar Oley und sein Ross
J. P. Lyser: Abendländische Tausend und eine Nacht, Meissen 1838.

Das Ross der Laima
Dr. Edmund Veckenstedt: Die Mythen, Sagen und Legenden der Zamaiten (Litauer), Heidelberg 1883.

Des Schwarzenbergers Bekehrung
Bernhard Baader: Neugesammelte Volkssagen aus dem Lande Baden und den angrenzenden Gegenden, Karlsruhe 1859.

Der verhexte Gaul
Harry Jannsen: Märchen und Sagen des estnischen Volkes, Dorpat 1881; bearbeitet von Sigrid Früh.

Der Nöck
Age Avenstrup und Lisbeth Treitel: Isländische Märchen und Volkssagen, Berlin 1919; bearbeitet von Sigrid Früh.

Das Wunderross Friedrichs von Zollern
Karl Werhahn: Sagen des Mittelalters 1920.

Die Nordlichtpferde
Harry Jannsen: Märchen und Sagen des estnischen Volkes, Dorpat 1881; bearbeitet von Sigrid Früh.

Der Schimmel König Arthurs
Englische Volkssagen: Dildrum Katzenkönig, Kassel 1957.

Der Riesenbaumeister und die Geburt Sleipnirs
Hans W. Fischer: Götter und Helden – Germanisch-Deutscher Sagenschatz, Berlin 1934; bearbeitet von Wolfgang Schultze.

Die Verwandelten

Imrik und sein Zauberrösslein
Beatrice von Dovsky: Märchen aus der Ostmark, Stuttgart o. J.; bearbeitet von Sigrid Früh.

Von dem Prinzen, der bei dem Satan in Diensten stand und den König aus der Hölle befreite
Litauische Märchen: Übersetzt von Karl Brugman und mit Anmerkungen von Wilhelm Wollner, Strassburg, Trübnez 1882.

Friedrich Goldhaar
Wilhelm Busch: Volksmärchen, Sagen, Volkslieder und Reime, München 1910.

Der böse Gutsherr
Dieses Märchen wurde Sigrid Früh 1987 von einer Aussiedlerin aus dem Baltikum erzählt.

Das Märchen von der Königstochter, die in ein Pferd verwandelt war
Adeline Rittershaus: Die neuisländischen Volksmärchen, Halle 1902; bearbeitet von Sigrid Früh.

Das treue Füllen
J. W. Wolf: Deutsche Hausmärchen, Göttingen 1851; bearbeitet von Sigrid Früh.

Die sieben Fohlen
P. Ch. Asbjörnsen und Jörge Moe: Norwegische Volksmärchen, Deutsch von A. Bresemann; Berlin 1847.